GW01466226

COLLECTION
FOLIO BILINGUE

Carlos Fuentes

Los hijos del conquistador

Les fils du conquistador

Traduit de l'espagnol (Mexique),
préfacé et annoté par Céline Zins

Gallimard

Ce texte est extrait du recueil L'oranger (El naranjo) *paru en Folio (n° 2946).*

PRÉFACE

Carlos Fuentes fait partie de la génération qu'on a appelée celle du « boom » des écrivains latino-américains des années soixante. Période faste qui, après les grands aînés comme Borges, Miguel Ángel Asturias, Alejo Carpentier ou Octavio Paz, dont les traductions prirent tout leur essor en France à la même époque, vit arriver les œuvres novatrices de Julio Cortázar, Gabriel García Márquez, José Lezama Lima, Nestor Sánchez, Mario Vargas Llosa et bien d'autres. L'Europe et les États-Unis découvraient toute une littérature à la fois héritière de la tradition espagnole, berceau de la langue, et spécifiquement latino-américaine, reflet de son histoire, de sa géographie et de la fonction de l'écriture sur les terres lointaines du castillan.

Carlos Fuentes, né en 1928 au Mexique, mais qui a passé son enfance aux États-Unis où son père était diplomate, puis dans divers pays d'Amérique latine avant de revenir faire ses études au Mexique, publie son premier roman en 1958. De La región más

transparente (La plus limpide région[1]), *Miguel Ángel Asturias déclarait dans sa préface : « Présenter ce roman — l'un des plus importants de la jeune littérature latino-américaine —, c'est avertir le lecteur qu'il pénètre dans un univers composé de mondes superposés et soumis à une logique particulière, sans relations de cause à effet, porteur de germes magiques, chargé de symboles qui se substituent à la réalité. Dans un tel univers, à la lumière du verbe toutes choses s'animent et s'humanisent en des confluences d'images nocturnes, stellaires et psychiques, dans lesquelles choses, êtres, animaux et hommes sont et ne sont pas prolongement du rêve né de la terre, ou de la pensée des dieux, ou de la conscience actuelle, mais atteinte par la décharge des forces les plus occultes, fragments annulés, épars et mêlés d'un délire ou d'un bruit verbal utilisé comme sortilège ou comme incantation. »*

Et aussi : « Il y a dans ce roman [...] un passé si actuel qu'il est bien souvent plus actuel que le présent. »

L'univers romanesque de Fuentes était donc perceptible dès le départ de son œuvre. Œuvre à laquelle il allait donner — très balzaciennement, et non sans un clin d'œil proustien — le titre global de La edad del tiempo (L'âge du temps). *Façon de signifier que de livre en livre se déploie une vision du monde, une ambition d'approche totalisante de la réalité contemporaine, non seulement du Mexique, mais de l'ensemble de l'époque. Et comme cette réalité est, pour Fuentes,*

1. Gallimard, traduction Robert Marrast, 1964.

multiple, qu'elle englobe le passé, le présent et le futur, le conscient et l'inconscient, l'imaginaire et le rêve, cela engendre une œuvre protéiforme, qui se dédouble sans cesse en stratifications toujours plus complexes ou qui fonctionne comme l'emboîtage des poupées russes.

De cette complexité structurelle se dégagent néanmoins trois thèmes centraux : l'espace, le temps, le langage. Ces trois thèmes s'entrecroisent pour tisser des champs narratifs autour de questionnements connexes également fondamentaux : sur l'identité, la mémoire, la sexuation, l'histoire, les mythes, la fonction de l'écriture et de la lecture.

Dans son maître livre, Terra Nostra[1], *celui où Fuentes rassemble la quintessence de son art, tous ces thèmes se trouvent brassés avec une rare puissance d'évocation. Les espaces (lieux et territoires) se télescopent avec les temps. Le Paris apocalyptique de 1999 renvoie à l'Espagne du* XVIe *siècle, qui renvoie à la découverte du Nouveau Monde, qui renvoie à la Rome de Tibère, à l'Italie de Giambattista Vico... pour revenir à Paris, la « dernière cité » où se répète la Genèse, fin et création du monde.*

Les lieux et les temps sont réels, imaginaires et mythiques. Si Fuentes s'intéresse tant à l'Histoire, c'est parce qu'elle est pour lui le lieu même de l'imaginaire. L'Histoire est faite d'espace (de territoire) et de temps : les événements sont liés à un espace géographique spécifique et à une époque également spécifique. Mais

1. Gallimard, traduction Céline Zins, 1979.

elle est faite aussi de ses potentialités non réalisées ; elle est ce qu'elle a été et *« ce qu'elle aurait pu être ». Elle est un lieu de projection, un lieu où, en littérature, tout est possible. C'est ainsi que, dans* Terra Nostra, *le roi Philippe qui fait construire l'Escorial est à la fois Philippe II et Charles Quint, son père ; de même que Jeanne la Folle, la mère de Philippe dans le roman, était en fait la mère de Charles Quint ; de même qu'Isabel, la Dame, condense plusieurs épouses de Philippe II, tout en étant un personnage parfaitement imaginaire. Pour Fuentes, les protagonistes de l'Histoire sont des personnages littéraires qui se prêtent au symbole, au mythe, à l'allégorie, au délire, au « réalisme magique » comme à l'imaginaire du réel. Les réalités sociopolitiques (et l'on sait combien les problèmes du Mexique et de la ville de Mexico jouent un rôle majeur dans son œuvre) peuvent y côtoyer les forces obscures venues du fond des âges, la psychogenèse se confondre avec la philogenèse.*

*De cette perception de l'espace et du temps — l'un et l'autre multiples, incertains, interpénétrés — découle l'incertitude sur l'identité. Celle-ci aussi est multiple, incertaine, interpénétrée. Nombreux sont les personnages — et pas seulement celui d'*Aura[1], *prototype du genre — dans les romans de Fuentes qui se dédoublent, se métamorphosent, se masquent ou se démasquent, se fondent avec un autre ou cherchent leur*

1. Nouvelle qui figure dans le recueil intitulé *Le chant des aveugles*, Gallimard, traduction Jean-Claude Andro, 1968.

impossible unité. Hantés par le vieux mythe de l'auto-engendrement, de l'androgynie, de l'hermaphrodisme. La question parcourt toute l'œuvre, obsédante, angoissante : qu'est-ce qu'un homme ? de quoi est-il fait ? comment revivre la Création ?

Un objet vient constamment symboliser la question : le miroir. À l'origine, un mythe indien : le miroir que Tezcatlipoca, le sorcier de la nuit, le « miroir fumant », présente au dieu créateur Quetzalcóatl, le serpent à plumes ; la ruse est destinée à expulser Quetzalcóatl de la cité des dieux ; pour ce faire, les magiciens décident de lui « montrer son corps » et de l'enivrer afin de l'inciter à coucher avec sa sœur, c'est-à-dire de commettre l'inceste, et de provoquer ainsi sa chute. « Le serpent à plumes se regarda et il ressentit une grande peur et une grande honte… En proie à la terreur de lui-même — de son apparence physique —, Quetzalcóatl cette nuit-là but et forniqua. Le lendemain, il prit la fuite vers l'orient, vers la mer. »

Miroir de la Dame, bâton aux miroirs du Seigneur à la Grande Voix où se reflètent les scènes du futur, miroir des métamorphoses et des transmigrations que le Seigneur Philippe tient à la main tandis qu'il gravit les trente-trois marches qui mènent à la mort dans Terra Nostra, *miroir noir de Malintzin, miroir que Duc présente à Donata, devenue aveugle, dans la pièce* Le borgne est roi[1] *: « Maintenant les images*

1. Gallimard, coll. « Théâtre du monde entier », traduction Céline Zins, 1971.

s'intervertissent ; le miroir regarde Madame alors que Madame ne peut se regarder dans le miroir... Le miroir a cessé d'être la préfiguration de Madame. C'est Madame qui est devenue l'augure du miroir. » Scène du miroir qu'Heredia tend à Branly dans Une certaine parenté[1], *qui fait vaciller les notions d'absence et de présence, de corps réels et de fantômes : « Je ne pus faire la différence, voyez-vous, entre les deux haleines, l'une froide peut-être, l'autre chaude, ou l'une présente et l'autre absente ; oui, je ne savais à qui appartenait la vie qui embuait la glace, comme je ne savais si le regard de Heredia, près du mien, projetait à travers moi son profil absent du miroir et peut-être même de la chambre ; ou bien si la réalité était le contraire, c'est-à-dire que moi je n'étais déjà plus qu'une chimère dessinée dans cet ovale comme par un doigt qui trace un signe sur la buée éphémère d'une vitre [...] je ne savais pas encore que la succession de mes rêves n'était là que pour masquer l'ignorance où j'étais de mes propres désirs. » Et jusqu'au titre de l'essai dans lequel Carlos Fuentes brosse un vaste tableau de l'histoire de l'Espagne et de l'Amérique hispanique :* Le miroir enterré[2], *car, dit-il dans son introduction, « le miroir n'est-il pas tout à la fois un reflet de la réalité et une projection de l'imagination ? ».*

Aux deux thèmes intriqués des temps et des espaces multiples et simultanés est lié un troisième élément,

1. Gallimard, traduction Céline Zins, 1981.
2. Gallimard, traduction Jean-Claude Masson, 1994.

essentiel : le langage. Le langage dans toutes ses acceptions et facettes : la langue, le verbe, la fonction de la parole, le rôle de l'écriture, la place du roman, les effets de contiguïté et de brassage des langues entre elles, l'invention verbale comme moyen de démultiplier les significations.

Dans presque tous ses livres, Carlos Fuentes explore la fonction de la parole et les possibilités d'expression du langage. « Pour nous, écrit-il dans son prologue à sa pièce de théâtre intitulée Cérémonies de l'aube[1], *la lutte pour la parole équivaut à la lutte pour le pouvoir [...] le pouvoir individuel et citoyen, le pouvoir historique de chaque Mexicain vivant... » Et, à propos de cette pièce qui traite d'un sujet qui revient obsessivement dans son œuvre — la conquête du Mexique —, il dit encore : « Le pouvoir et la parole. Moctezuma ou le pouvoir de la fatalité; Cortés ou le pouvoir de la volonté. Entre les deux rives du pouvoir, un pont : la langue, Marina qui par les mots transforme l'histoire des deux pouvoirs en destin. » Ce thème est puissamment repris et le mieux illustré dans l'un des cinq récits qui forment* L'oranger[2], *celui intitulé* Les deux rives. *C'est Jerónimo de Aguilar qui parle. Il vient de mourir de la vérole et raconte du fond de sa tombe — chez Fuentes, on parle de tous les lieux du temps, y compris celui de la mort. Il a été le premier interprète de Cortés, car, prisonnier des Indiens du*

1. Gallimard, coll. « Théâtre du monde entier », texte français de Céline Zins, 1975.

2. Gallimard, traduction Céline Zins, 1995.

Yucatán pendant huit ans, il a appris le maya. Il a aussi appris à aimer les Indiens et il a secrètement souhaité la défaite des Espagnols. Pour parvenir à ses fins, il transmettait à ses interlocuteurs le contraire de ce qui était dit : « Mais comme les choses se sont effectivement passées de cette façon, transformant donc mes paroles fausses en réalité, n'ai-je pas eu raison de traduire les propos du capitaine par leur contraire et de dire ainsi, par mes mensonges, la vérité à l'Aztèque[1] *? » Cette dernière phrase pourrait, du reste, illustrer la totalité de la théorie romanesque de Carlos Fuentes : l'Histoire est une fiction dont seule la littérature — l'imaginaire et son écriture — peut restituer la vérité. Mais Jerónimo de Aguilar est en concurrence (amoureuse et « professionnelle » si l'on peut dire) avec un — une — autre interprète : l'Indienne Malintzin, devenue Marina lors de sa conversion au christianisme, et que son peuple surnomme la Malinche, la traîtresse. Marina, elle, parle le maya et le nahuatl, la langue des Aztèques. Au début, Aguilar est donc doublement intermédiaire : entre les Indiens et Cortés, entre Marina et Cortés. Car il traduit du castillan en maya, relayé par Marina qui traduit du maya en aztèque, seul moyen de s'adresser à Moctezuma. Tout change quand Marina, devenue la maîtresse de Cortés, apprend l'espagnol. Aguilar devient inutile ; Marina traduit directement du maya et du nahuatl en castillan. Et elle transmet ce qu'elle*

1. Souligné par moi.

veut. Voici comment « l'homme qui fut maître des mots [...] perdit cette maîtrise dans un combat inégal avec une femme... ». Pourquoi inégal ? La réponse donne lieu à un passage qui prouve à quel point la langue a pour Fuentes une force primordiale, tellurique, liée au désir, une fonction éminemment érotique *: « ladite Marina, fille de pute et pute elle-même, avait appris à parler l'espagnol, la drôlesse, la perfide, concubine du conquistador, experte en pompage, elle m'avait volé [...] mon monopole de la langue castillane... La Malinche avait extorqué la langue espagnole au sexe de Cortés, elle la lui avait sucée, elle l'en avait* châtré *sans qu'il s'en aperçoive, confondant l'amputation avec le plaisir.*

« Le plus terrible, cependant, le plus scandaleux, n'était pas le sexe de Cortés, mais que du fond de la terre brûlée, du deuil, de la brume ait surgi la langue, véritable sexe du conquistador, qu'il l'ait plantée dans la bouche de l'Indienne avec plus de force, plus de semence, plus de fécondité [...] que le sexe lui-même. Langue cravache, cinglante, dure et ductile à la fois. » Et le pauvre Jerónimo de Aguilar, vaincu, « la langue fendue, bifide, à l'instar du serpent à plumes », ne trouve plus qu'à se poser la lancinante question fuentésienne : « Qui suis-je ? »

De cette langue castillane, elle-même faite de strates multiples, Carlos Fuentes va jouer à son tour. C'est dans Cristóbal nonato (Christophe et son œuf[1])

1. Gallimard, traduction Céline Zins, 1990.

que l'auteur développe avec le plus de jubilation, de luxuriance satirique et dans une immense prolifération baroque son idée de métissage des langues : outre la naissance de l'« anglognol », du « francognol » ou du « rockaztec », on assiste à un carnaval d'inventions langagières qui mêlent le calembour au mot-valise, les jeux orthographiques à la déstructuration-restructuration des noms dont le déchiffrage doit souvent s'opérer sur plusieurs langues — et qui fait de la traduction une véritable gageure[1]. *Mais ces jeux sur les mots, les langues et les signifiants ne sont pas là en vain : ils sont là pour créer de nouveaux sens, pour concrétiser (par concrétion verbale) des idées qui s'entrechoquent, des civilisations qui se chevauchent, des surgissements de la tradition dans la modernité, des références culturelles multiples en une sorte d'auto-engendrement (là encore...) de la pensée par la langue et de la langue par la pensée. À l'image de la composition même des romans, où règnent l'achronologie, le mélange des genres et toute une gamme d'utilisations subtiles des pronoms personnels de narration qui vont jusqu'à rendre le narrateur tridimensionnel.*

À ces diverses données sur l'art romanesque et stylistique de Carlos Fuentes, il convient d'ajouter deux remarques essentielles pour saisir la portée de son œuvre : son extraordinaire érudition, cosmopolite et

1. Voir ma « Note sur la traduction » en préambule à *Christophe et son œuf, op. cit.*

encyclopédique, dans tous les domaines qui touchent à la culture — littéraire, artistique[1]*, historique, politique, économique, sociologique, voire religieuse —, et (fait de grande importance dans le monde actuel) son attachement à la tradition et à la transmission. « Sans tradition, il ne peut y avoir de création », a-t-il maintes fois rappelé, aimant à citer Virginia Woolf qui affirmait qu'elle ne pouvait s'asseoir à sa table de travail sans être habitée, « jusqu'à la moelle des os, par la totalité de la tradition, depuis Homère ».*

Ces deux éléments, érudition et tradition, « habitent » l'œuvre, traversée de citations et d'allusions, de fantômes et de figures tutélaires, auteurs et personnages littéraires — telle la célèbre trilogie, fondatrice de la littérature moderne, d'après Fuentes (qui se réclame de la tradition cervantine) : Don Quichotte, la Célestine et Don Juan —, ou encore d'un long cortège de personnages historiques, de Tibère et Scipion l'Africain aux pères de la révolution mexicaine en passant par ses référents philosophiques préférés, Érasme et Vico, entre autres.

La nouvelle Les fils du conquistador *qu'on va lire ici est l'un des cinq récits qui composent l'ouvrage*

1. Dans plusieurs romans, la peinture joue un rôle aussi important que les personnages, certains tableaux devenant même constitutifs de la trame narrative : ceux de Signorelli et de Jérôme Bosch dans *Terra Nostra*, les fresques de Diego Rivera dans *Les années avec Laura Díaz* (Gallimard, 2001, traduction Céline Zins), la peinture de Goya dans l'une des nouvelles de *Constancia* (Gallimard, 1989, traduction Céline Zins), etc.

intitulé El naranjo (L'oranger). *À l'origine, le livre portait un sous-titre :* Los círculos del tiempo *(Les cercles du temps), expression qui résume bien le rapport de l'auteur à l'Histoire. L'oranger : symbole d'une semence européenne plantée en terre d'Amérique. Les cercles du temps, parce que, dit Fuentes, « ce sont des histoires d'un temps inachevé, une histoire faite par des hommes et des femmes qui n'ont pas dit leur dernier mot. Il s'agit aussi d'une histoire intériorisée de notre langue : langue de la conquête romaine de Numance, de la conquête espagnole du Mexique, des descendants de la Conquête et des maîtres du jeu de mots, de l'insolence et du droit à l'intériorité. L'imagination fonde la réalité et les extrêmes de l'interdit se rejoignent, érotiquement ».*

Céline Zins

Los hijos del conquistador
Les fils du conquistador

A José Emilio Pacheco

À José Emilio Pacheco

"Y si miramos en ello, en cosa ninguna tuvo ventura después que ganamos la Nueva España, y dicen que son maldiciones que le echaron."

BERNAL DÍAZ DEL CASTILLO,
Historia Verdadera de la Conquista de la Nueva España

Martín 2

Doce hijos tuvo mi padre, el conquistador de México, Hernán Cortés.

1. Hernán Cortés (1485-1547), en français Fernand Cortez. Natif d'une des régions les plus pauvres d'Espagne, l'Estrémadure, il s'embarque en 1504 pour Saint-Domingue et participe à la conquête de Cuba en 1511. En 1518, il part à la conquête du Mexique. Après avoir débarqué sur les côtes du Yucatán et fondé la ville de Veracruz, il saborde ses navires afin de couper toute tentation de retour à ses hommes. Il livre bataille aux Tlaxcaltèques; ces derniers, vaincus, font alliance avec les Espagnols contre les Aztèques, maîtres de l'ensemble du pays qu'ils contraignent à payer tribut en récoltes et en êtres humains pour leurs sacrifices. Cortés, pris pour un dieu par les Indiens

« Et si l'on y regarde bien, en nulle chose il n'eut de chance après que nous eûmes gagné la Nouvelle-Espagne, et l'on dit qu'on lui jeta un mauvais sort. »

BERNAL DÍAZ DEL CASTILLO,
Histoire véridique de la conquête de la Nouvelle-Espagne.

Martín 2

Mon père Hernán Cortés[1], le conquérant du Mexique, eut douze enfants.

en raison de certains présages, entre dans la capitale aztèque, Tenochtitlán (Mexico) en 1519, où il est bien accueilli par l'empereur Moctezuma. Mais à la suite d'une révolte des Aztèques, Moctezuma est lapidé ; Cortés entreprend le siège de la cité qui tombe le 13 août 1521. Mexico sera détruite et le dernier empereur aztèque, Cuauhtémoc, fait prisonnier, puis exécuté en 1525. Cortés est nommé gouverneur général de la Nouvelle-Espagne par Charles Quint. Mais, sujet à des jalousies et des calomnies, il rentre en Espagne en 1541 dans l'intention de plaider sa cause. Il ne retrouvera pas ses pouvoirs et finira ses jours dans la plus totale disgrâce.

De las más jóvenes a los más viejos, hay tres muchachas hijas de su última esposa, la española Juana de Zúñiga : María, Catalina y Juana, un ramillete mexicano de niñas agraciadas que nacieron tarde y no tuvieron que cargar con el daño de su padre, sino sólo con su gloriosa memoria. También de la Zúñiga nació mi hermano Martín Cortés, nombrado como yo y con quien compartí no sólo el nombre, sino la suerte. Y dos infantes muertos al nacer, Luis y Calalina.

Mucha carne abarcó nuestro padre, tanta como tierra conquistó. Al rey vencido, Moctezuma, le arrebató una hija preferida, Ixcaxóchitl, "Flor de Algodón", y con ella tuvo su propia hija, Leonor Cortés. Con una princesa azteca sin nombre, tuvo otra hija que nació contrahecha, la llamada "María". Con una mujer anónima, tuvo a un niño llamado "Amadorcico", al que nos dijo que quiso mucho y luego olvidó, muerto o abandonado en México. Peor suerte tuvo otro hijo, Luis Altamirano, nacido de Elvira (o quizás Antonia) Hermosillo en 1529, y desheredado en el testamento de nuestro pródigo, astuto, vencido padre,

En allant des plus jeunes aux plus vieux, on trouve trois filles de sa dernière épouse, l'Espagnole Juana de Zúñiga[1] : María, Catalina et Juana, bouquet mexicain de filles favorisées par la fortune, qui naquirent tard et n'eurent donc pas à porter le poids des malheurs de leur père, mais seulement celui de sa glorieuse mémoire. De la Zúñiga naquit aussi mon frère Martín Cortés, qui porte le même nom que moi et avec lequel je partage non seulement le nom mais le sort. Et deux enfants mort-nés, Luis et Catalina.

Notre père fut un grand conquérant de chair fraîche, autant que de territoires. Au roi vaincu, Moctezuma, il enleva sa fille préférée, Ixcaxóchitl, « Fleur de coton », avec laquelle il eut une fille, Leonor Cortés. Avec une princesse aztèque au nom oublié, il eut une autre fille qui vint au monde contrefaite, la dénommée María. Avec une autre femme anonyme, il eut un fils prénommé Amadorcico dont il nous raconta qu'il l'avait beaucoup aimé, puis oublié, le laissant mort ou abandonné quelque part au Mexique. Pire destin encore fut celui d'un autre fils, Luis Altamirano, né d'Elvira (ou peut-être Antonia) Hermosillo en 1529, déshérité dans le testament de notre père prodigue, rusé et vaincu ;

1. Issue de la grande noblesse espagnole.

aunque nadie conoció desventura mayor que la primera hija, Catalina Pizarro, nacida en Cuba en 1514, de madre llamada Leonor Pizarro.

Nuestro padre la mimó, la viuda Zúñiga la persiguió, la despojó de sus bienes y la condenó a vivir de por vida, contra su voluntad, encerrada en un convento.

Yo soy el primer Martín, hijo bastardo de mi padre y de doña Marina mi madre india, la llamada Malinche, la intérprete sin la cual nada habría ganado Cortés. Mi padre nos abandonó cuando cayó México y mi madre ya no le sirvió para conquistar, antes le estorbó para reinar. Crecí lejos de mi padre, entregada mi madre al soldado Juan Xaramillo. La vi morir de viruela en 1527. Mi padre me legitimó en 1529. Soy el primogénito, mas no el heredero. Debí ser Martín Primero, pero sólo soy Martín Segundo.

1. Personnage quasi mythique, princesse indienne nommée Malintzin, baptisée Marina lors de sa conversion au catholicisme et maîtresse de Cortés, lequel la « donna » ensuite à l'un de ses soldats, Juan Xaramillo. Elle parlait plusieurs langues

mais nul ne connut malheur plus grand que la fille aînée, Catalina Pizarro, née à Cuba en 1514, d'une mère nommée Leonor Pizarro.

Notre père la dorlota, la veuve Zúñiga la persécuta, la dépouilla de ses biens et la voua à passer, contre son gré, le restant de ses jours enfermée dans un couvent.

Je suis le premier Martín, fils bâtard de mon père et de doña Marina ma mère indienne, celle qu'on surnommait la Malinche[1], l'interprète sans laquelle Cortés n'aurait rien conquis. Mon père nous abandonna après la chute de Mexico car ma mère ne lui était plus d'aucune utilité pour conquérir et qu'elle lui était plutôt une gêne pour régner. J'ai grandi loin de mon père, ma mère ayant été livrée au soldat Juan Xaramillo. Elle est morte sous mes yeux, de la variole, en 1527. Mon père m'a reconnu en 1529. Je suis le premier-né, mais pas l'héritier. J'aurais dû être Martín Premier, mais je ne suis que Martín Second.

indigènes et elle avait appris l'espagnol (voir préface). La Malinche — le thème est maintes fois abordé dans l'œuvre de Fuentes — symbolise la mère des Mexicains, « la mère du premier métis ».

Martín 1

Tres Catalinas, dos Marías, dos Leonores, dos Luises y dos Martines : Nuestro padre no tenía demasiada imaginación para bautizar a sus hijos, y esto, a veces, conlleva gran confusión. El otro Martín, mi hermano mayor el hijo de la india, se solaza en el relato de las dificultades que tuvimos. Yo prefiero recordar los buenos momentos, y ninguno mejor que mi regreso a México, la tierra conquistada por mi padre para N.S. el Rey. Pero vamos por partes. Nací en Cuernavaca en 1532. Soy producto del accidentado viaje de mi padre a España en 1528, a donde fue, por primera vez después de la Conquista, a casarse y a reclamar los derechos que la administración colonial quería negarle mediante juicio instigado por los envidiosos. España, lo recuerdo ante todo, es el país de la envidia. Las Indias, lo compruebo cada vez más, emulan con venteja a su madre en este renglón. Bueno : en Béjar casó en segundas nupcias Hernán Cortés con mi madre Juana de Zúñiga. El Rey confirmó las mercedes y honores debidos a mi padre : títulos, tierras y vasallos.

Martín 1

Trois Catalina, deux María, deux Leonor, deux Luis et deux Martín : notre père manquait d'imagination pour baptiser ses enfants et cela prête parfois à confusion. L'autre Martín, mon frère aîné et fils de l'Indienne, se console en racontant les difficultés que nous avons rencontrées. Moi, je préfère me souvenir des bons moments, et aucun n'est meilleur que celui de mon retour au Mexique, la terre conquise par mon père au nom de Notre Seigneur le roi. Mais procédons par ordre. Je suis né à Cuernavaca en 1532. Je suis le produit du voyage mouvementé de mon père, l'année 1528, en Espagne où il retournait pour la première fois depuis la Conquête afin de s'y marier et d'y réclamer les droits que l'administration coloniale cherchait à lui dénier au moyen d'un procès initié par les envieux. L'Espagne, je m'en souviens, est avant tout le pays de l'envie. Les Indes, je le constate de jour en jour, rivalisent à leur avantage avec leur mère patrie sur ce chapitre. Bref, à Béjar, Hernán Cortés épousa en secondes noces ma mère Juana de Zúñiga. Le roi confirma les grâces et honneurs dus à mon père : titres, terres et vassaux.

Pero al regresar a México en marzo de 1530, mis padres y mi abuela fueron detenidos en Texcoco pendiente del juicio contra mi padre, quien no pudo entrar a la ciudad de México hasta enero del siguiente año, instalándose luego en Cuernavaca, donde como queda dicho, yo nací. En pleitos y expediciones igualmente vanos se desgastó a partir de entonces mi padre, hasta que, teniendo yo ocho años, regresé de su mano a Españã, otra vez a pelear pero esta vez no contra indios, sino contra oficiales y licenciados.

Con mi padre salí, a los ocho años, de México a España, en 1540. Fuimos a reclamar nuestra propiedad, nuestros cargos. Las intrigas, los pleitos y las amarguras le costaron la vida a mi padre : ¡haber peleado tanto, y con tanta fortuna, con el fin de ganarle al Rey dominios nueve veces mayores que España, para acabar rodando de venta en venta, adeudando dinero a sastres y criados, objeto de burlas y fastidios en la corte! Estuve junto a él cuando murió. Un franciscano y yo. Ni uno ni otro pudimos salvarlo del horrible desgaste de la disentería.

Mais en revenant au Mexique au mois de mars de l'an 1530, mes parents et ma grand-mère furent arrêtés à Texcoco à cause du procès contre mon père, lequel ne put entrer dans la ville de Mexico avant le mois de janvier de l'année suivante, s'installant entre-temps à Cuernavaca où, comme je l'ai dit, je naquis. Dès lors, mon père usa ses forces en chicanes et expéditions également vaines jusqu'au jour où — j'avais déjà huit ans — il m'emmena avec lui en Espagne, pour batailler de nouveau, pas contre les Indiens cette fois, mais contre les clercs et autres gens de robe.

Je quittai donc le Mexique pour l'Espagne avec mon père, en 1540, à l'âge de huit ans. Nous allions réclamer notre dû, nos charges et propriétés. Les intrigues, les procès et les amertumes ont coûté la vie à mon père : s'être tant battu et avec tant de succès à seule fin de gagner au roi des territoires neuf fois plus grands que l'Espagne, pour finir par errer d'auberge en auberge, endetté envers tailleurs et domestiques, objet de moqueries et de tracasseries à la cour ! J'étais près de lui quand il est mort. Un franciscain et moi. Ni l'un ni l'autre nous ne réussîmes à le sauver de l'horrible perte de substance due à la dysenterie.

El olor de la mierda de mi padre no lograba, sin embargo, vencer el fresco aroma de un naranjo que crecía hasta la altura de su ventana y que, por esos meses, florecía espléndido.

Dijo palabras incomprensibles antes de morir en Castilleja de la Cuesta, cerca de Sevilla, pues a su casa hispalense no lo dejaron irse a morir en paz, tantos eran los acreedores y malandrines que cual moscardones lo rondaban. En cambio, gran señor y amigo mejor que el Rey, el duque de Medina Sidonia, organizó unas exequias espléndidas en el monasterio de San Francisco en Sevilla, llenó la iglesia de paños negros, hachas de cera ardiente, banderas y pendones con las armas del Marqués mi padre, sí señor, Marqués del Valle de Oaxaca, Capitán General de la Nueva España y Conquistador de México, títulos que jamás le podrán quitar los envidiosos y que debieron ser míos, pues yo fui declarado en el testamento el sucesor, el heredero y el titular del mayorazgo. Bien me guardé, en cambio, de hacer válidas las cláusulas donde mi padre me encargó liberar a los esclavos de nuestras tierras mexicanas y restituirles las mismas a los naturales de los pueblos conquistados. Arrepentimientos de viejo, me dije. Si los cumplo, me quedo sin nada. ¿Le pedí perdón? Por supuesto.

Plus fort que l'odeur des excréments de mon père, cependant, me parvenait le frais parfum d'un oranger qui grimpait à hauteur de la fenêtre de sa chambre et qui, en cette saison, se trouvait superbement en fleur.

Il prononça des paroles incompréhensibles avant de mourir à Castilleja de la Cuesta, près de Séville, car on ne lui permit point d'aller mourir en paix dans sa maison sévillane tant étaient nombreux les créanciers et les malandrins qui le cernaient comme des essaims de mouches. En revanche, grand seigneur et meilleur ami que le roi, le duc de Medina Sidonia organisa des obsèques grandioses au monastère de San Francisco à Séville, remplit l'église d'étoffes noires, de cierges, d'étendards et de bannières aux armes du marquis mon père, parfaitement, marquis de la vallée d'Oaxaca, capitaine général de la Nouvelle-Espagne et conquistador du Mexique, titres que les envieux ne pourront jamais lui retirer et qui devraient être les miens, car dans le testament de mon père j'étais désigné comme successeur, héritier et titulaire du majorat. Je me gardai, cependant, de respecter les clauses où mon père m'enjoignait de libérer les esclaves de nos terres mexicaines et de rendre celles-ci aux naturels des villages conquis. Repentirs de vieillard, me dis-je. Si j'en tiens compte, je me retrouve sans rien. Lui ai-je demandé pardon ? Évidemment.

Mala persona no soy. Violé su última voluntad. Pero me bastó ver el destino de los bienes de nuestra casa en Sevilla para no sentir escrúpulo alguno. Cacharros de cobre, trastes de cocina, maletas, manteles raídos, sábanas y colchones, y armas viejas que hace tiempo dieron su última batalla : todo esto vendido a precio infame en las gradas de la Catedral de Sevilla al morir mi padre. ¿El fruto último de la Conquista de México iba a ser un remate de colchones y cacerolas viejas ? Decidí regresar a México a reclamar mi herencia. Pero antes abrí la caja donde yacía nuestro padre Hernán Cortés para verle por vez última. Me espanté y el grito se me quedó arañándome los dientes. La cara de mi padre muerto estaba cubierta por una máscara polvosa de jade y pluma.

Martín 2

No voy a llorar por mi padre. Pero a fuer de buen cristiano, que lo soy, no puedo sino compadecerme de su suerte.

Je ne suis pas une mauvaise personne. J'ai violé son ultime volonté. Mais il m'a suffi de voir le destin de notre maison de Séville pour me débarrasser de tout scrupule. Pots en cuivre, ustensiles de cuisine, valises, couvertures élimées, draps et matelas, vieilles armes qui avaient livré leur dernière bataille depuis longtemps : tout cela vendu à vil prix sur les marches de la cathédrale de Séville après la mort de mon père. Le fruit de la conquête du Mexique allait être, au bout du compte, l'adjudication d'un tas de matelas et de vieilles casseroles ? Je décidai de rentrer au Mexique réclamer mon héritage. Avant de partir, j'ouvris le cercueil dans lequel gisait notre père Hernán Cortés pour le voir une dernière fois. Je fus saisi d'épouvante et le cri que je poussai me resta en travers de la gorge. Le visage de mon père mort était recouvert d'un masque poussiéreux fait de jade et de plume.

Martín 2

Je ne vais pas verser des larmes sur mon père. Mais en bon chrétien que je suis, je ne peux que compatir à son triste sort.

Miren nomás qué cosas le sucedieron después de la caída de la Gran Tenochtitlán y la conquista del imperio de los aztecas. En vez de quedarse en la ciudad y consolidar su poder, tuvo a bien lanzarse a una aventura descabellada y ruidosa que lo llevó a perderse y arruinarse en las selvas de Honduras. ¿Qué gusano tenía este hombre nuestro padre, que no podía quedarse tranquilo con la fortuna y la gloria bien habidas, sino que debía siempre buscar más aventura y más acción, aunque le costaran la fortuna y la gloria? Es como si sintiese que sin la acción, hubiese vuelto a ser el modesto hijo de molinero de Medellín que fue en su origen; como si la accíon le debiese homenaje idéntico a la acción misma. No podía detenerse a contemplar lo hecho; debía arriesgarlo todo para merecerlo todo. Quizás, además de su diosito cristiano (que es el nuestro, a no dudar) tenía metido adentro un diosote pagano, salvaje, secular y despiadado, que le pedía serlo todo gracias a la acción. Serlo todo : incluso nada. Había dos hombres en él. Uno agraciado por la fortuna, el amor y la gloria. Otro, perdido por la vanidad, el boato y la misericordia.

Voyez tout ce qui lui est arrivé après la chute de la Grande Tenochtitlán[1] et la conquête de l'empire des Aztèques. Au lieu de rester dans la ville et y consolider son pouvoir, il a cru bon de se lancer dans une folle aventure menée à grand bruit qui l'a conduit à se perdre et se ruiner au fin fond de la jungle du Honduras. Par quel ver cet homme notre père était-il rongé pour ne pas pouvoir rester en place à jouir tranquillement de la fortune et de la gloire bien méritées, mais pour toujours avoir besoin de chercher plus d'aventure et plus d'action, quitte à y perdre la fortune et la gloire ? C'est comme s'il avait eu le sentiment que sans l'action, il redeviendrait le modeste fils de meunier de Medellín qu'il était à l'origine ; comme si l'action devait rendre hommage à l'action. Il ne pouvait s'arrêter pour contempler ce qui avait été accompli ; il avait besoin de tout risquer pour tout mériter. Peut-être avait-il, en plus du petit dieu chrétien (qui est le nôtre, à n'en pas douter), un grand dieu païen en lui, séculaire, sauvage et impitoyable qui lui demandait d'être tout par l'action. Être tout : y compris rien. Il y avait deux hommes en lui. L'un béni par la fortune, l'amour et la gloire. L'autre, perdu par la vanité, l'ostentation et la miséricorde.

1. Nom de la capitale des Aztèques, qui deviendra Mexico, du nom de la tribu aztèque, les Mexicas, qui avait conquis et vassalisé la plupart des autres tribus indiennes.

Qué extraña cosa digo de mi propio papacito. Vanidad y misericordia unidas : una parte de él necesitaba el reconocimiento, la riqueza, el capricho como regla ; otra, pedía para nosotros, su nuevo pueblo mexicano, compasión y derecho. Que llegó a identificarse con nosotros, con nuestra tierra, quizás sea cierto. Me consta, por mi madre, que Hernán Cortés peleó con los franciscanos que exigieron arrasar los templos, en tanto mi papá pedía que permaneciesen aquellas casas de ídolos por memoria. Y ya les contó mi hermano Martín lo que dispuso en su testamento para liberar a los inditos y devolverles sus tierras. Letra muerta. Cuánta letra muerta. Ya ven, sin embargo, que reconozco las virtudes de mi jefe. Mas siendo hijo de mi mamacita y narrando hoy con toda la verdad y claridad de mi espíritu, pues otra ocasión no tendré de harcerlo, debo confesar que me alegraron sus desventuras, me hicieron cosquillitas en el alma los contrastes entre los honores que se le hicieron y los poderes que se le negaron. Abandonados mi madre y yo cuando le causamos estorbo a sus pretensiones políticas y matrimoniales, ¿cómo no íbamos a solazarnos, secretamente, de sus desgracias ?

Quelle chose étrange je dis de mon papa. Vanité et miséricorde ensemble : une part de lui avait besoin de reconnaissance, de richesse, de la loi du caprice ; une autre demandait pour nous, son nouveau peuple mexicain, compassion et justice. Qu'il ait fini par se sentir des nôtres, par s'identifier à notre pays, est peut-être vrai. Je sais, par ma mère, qu'Hernán Cortés se disputa avec les franciscains qui exigeaient qu'on rasât les temples alors que mon papa voulait garder les maisons des idoles pour mémoire. Et mon frère Martín vous a déjà parlé de ce qu'il avait mis dans son testament pour libérer les Indiens et leur rendre leurs terres. Lettre morte. Tant de lettres mortes. Vous voyez que je reconnais quand même les vertus de mon paternel. Mais étant le fils de ma maman, et puisque je raconte ici les faits en toute vérité et clarté d'esprit, car je n'aurai pas d'autre occasion de le faire, je dois avouer que ses mésaventures me réjouirent, que le contraste entre les honneurs qu'on lui rendit et les pouvoirs qu'on lui refusa me faisait des chatouillis à l'âme. Abandonnés, ma mère et moi, quand nous devînmes une gêne à ses ambitions politiques et matrimoniales, comment n'aurions-nous pas trouvé quelque secrète consolation dans ses déboires ?

Si no hubiese abandonado el gobierno de la ciudad de México por irse a conquistar nuevas tierras a Honduras, no se lo habrían arrebatado sus enemigos, apoderándose de los bienes de Cortés, y aunque los amigos de mi padre luego metieron en jaulas a sus enemigos, al regreso de Honduras encontróse nuestro papacito con que los jueces habían llegado de España a tomarle juicio y quitarle la gobernación. Mi alma india se estremece y extraña. Mientras en Honduras mi padre atormentó y ahorcó al último rey azteca, Cuauhtémoc, por no revelar el sitio del tesoro de Moctezuma, en la ciudad de México los amigos de mi padre eran atormentados para que denunciaran el tesoro de Cortés, y luego ahorcados. Las glorias se evaporan. Los pleitos, los papeles, la tinta, lo ahogan todo y nos ahogan. De todo esto fue acusado nuestro padre a su regreso a México : de enriquecerse ilícitamente, de proteger a los indios, de envenenar a sus rivales con quesos ponzoñosos, de no temer a Dios, qué sé yo... Me detengo en lo único que realmente me apasiona y conturba : la vida sexual de mi jefecito, su violencia, seducción y promiscuidad de la carne.

S'il n'avait pas quitté le gouvernorat de Mexico pour s'en aller conquérir de nouvelles terres au Honduras, ses ennemis n'auraient pas eu le dessus, ils ne se seraient pas emparés de ses biens, et même si les amis de mon père mirent ses ennemis en geôle par la suite, à son retour du Honduras notre papa se retrouva face aux juges venus d'Espagne pour lui faire procès et lui enlever le gouvernorat. Mon âme indienne s'étonne et s'effraie. Pendant son expédition au Honduras, mon père fit torturer, puis pendre Cuauhtémoc, le dernier roi aztèque, parce qu'il ne voulait pas révéler la cachette du trésor de Moctezuma ; à Mexico, les amis de mon père étaient soumis à la torture pour qu'ils révèlent la cachette du trésor de Cortés, puis pendus. Les gloires s'évaporent. Les choses se noient dans les procès, les papiers, l'encre, les hommes aussi. Voici tout ce dont notre père fut accusé à son retour à Mexico : de s'être enrichi illégalement, d'avoir voulu protéger les Indiens, de s'être débarrassé de ses rivaux avec du fromage empoisonné, de ne pas craindre Dieu, et que sais-je encore… Je m'arrête sur la seule chose qui me passionne et me trouble réellement : la vie sexuelle de mon paternel, sa violence, sa volonté de séduction, son goût de la chair.

Tenía infinitas mujeres, reza la acusación, unas de la tierra, otras de Castilla, y con todas tenía acceso, aunque fuesen parientes entre ellas. A los maridos los enviaba fuera de la ciudad para tener libertad con las esposas. Con más de cuarenta indias se echaba carnalmente. Y a su mujer legítima, Catalina Xuárez dicha La Marcaida, se le acusó, llanamente, de haberla asesinado. De crímenes, corrupciones sin fin y ánimo rebelde para quedarse con la tierra y reinar sobre ella, lo acusa el intérprete Jerónimo de Aguilar, a quien mi padre recogió, náufrago, en la costa de Yucatán. De abuso carnal, en cambio, lo acusan seis viejas criadas iletradas. Entre el intérprete traidor y las camareras chismosas, me interpongo yo, Martín Cortés el bastardo, hijo de la intérprete leal doña Marina, iletrada también, pero poseída por el demonio de la lengua. Me cuelo yo porque el uno y las otras, Aguilar y las comadres, están de acuerdo en que mi nacimiento es lo que volvió loca de celos a la estéril Catalina Xuárez, casada con él en Cuba y traída a México al caer el imperio, la única mujer de mi padre que nunca le dio hijos.

Il avait d'innombrables femmes, déclare l'accusation, d'ici et de Castille, et avec toutes il avait des rapports, même lorsqu'elles étaient parentes entre elles. Les maris, il les expédiait loin de la cité afin d'avoir les coudées franches avec les épouses. Il avait commerce charnel avec une quarantaine d'Indiennes. Quant à son épouse légitime, Catalina Xuárez dite la Marcaida, il était carrément accusé de l'avoir assassinée. De crimes, de corruptions multiples, de conduite rebelle afin de s'emparer de la contrée et régner sur elle, il est accusé par l'interprète Jerónimo de Aguilar que mon père avait recueilli, naufragé, sur la côte du Yucatán. Il est, de surcroît, accusé d'abus charnel par six vieilles servantes illettrées. Entre l'interprète félon et les femmes de chambre cancanières, j'interviens moi, Martín Cortés le bâtard, fils de la loyale interprète doña Marina, illettrée elle aussi mais possédée par le démon de la langue. Je me glisse moi entre les deux, entre Aguilar et les commères, parce qu'ils s'accordent à dire que c'est ma naissance qui a rendu folle de jalousie la stérile Catalina Xuárez, épousée par Cortés à Cuba et amenée au Mexique lors de la chute de l'empire, la seule femme de mon père qui ne lui ait jamais donné d'enfant.

Enferma, siempre malita, echada en un estrado, inútil y quejumbrosa, por mi culpa tuvo esta mujer disputa una noche con mi padre, según cuentan las criadas, por el empleo del trabajo de indios, que La Marcaida reclamaba para sí sola, excluyéndonos a mi madre y a mí y contestándole mi padre que de lo que fuese de ella, incluyendo esclavos indios, nada quería él, sino lo que era propiamente de él, incluyéndonos a mi madre y a mí. Ella se retiró avergonzada y sollozante a su recámara. Allí la hallaron las criadas al día siguiente, muerta, con cardenales en la garganta y la cama orinada. A las criadas contestaron los amigos de Cortés : la mujer se murió del flujo de su menstruación. Esta Marcaida estaba siempre muy enferma de madre. Sus propias hermanas, Leonor y Francisca, se murieron desangradas por la abundancia anormal de sus meses. Y a mí la mirada empieza a nublárseme de sangre. Ríos de sangre. Sangre de la menstruación, de la guerra, del sacrificio en los altares, ahogándonos a todos. Salvo a mi madre La Malinche.

Malade, toujours souffreteuse, couchée sur un sofa, oisive et plaintive, par ma faute cette femme eut un soir une dispute avec mon père, selon ce que racontent les servantes, au sujet du travail des Indiens, que la Marcaida exigeait pour elle toute seule, nous excluant ma mère et moi, et mon père lui répliquant qu'il ne voulait rien savoir d'elle ni de ses esclaves indiens, qu'il ne s'occupait que de ce qui lui appartenait en propre, dont ma mère et moi. Mortifiée, la Marcaida se retira en sanglotant dans sa chambre. C'est là que les servantes la trouvèrent le lendemain, morte, avec des marques bleues autour du cou et le lit imbibé d'urine. Aux servantes les amis de Cortés répondirent : elle est morte de son flux menstruel. Cette Marcaida était toujours très malade de ses affaires de femme. Ses propres sœurs, Leonor et Francisca, périrent après avoir perdu tout leur sang à cause de l'abondance anormale de leurs menstrues. Et moi aussi je commence à avoir les yeux voilés de sang. Sang de la menstruation, de la guerre, du sacrifice sur les autels, des rivières de sang qui vont bientôt nous emporter tous. Sauf ma mère la Malinche.

A ella se le cortó la menstruación, la guerra se acabó, el puñal del sacrificio se detuvo en el aire, la sangre se secó y en el vientre de La Malinche yo fui concebido en una pausa entre la sangre y la muerte, como en un fértil desierto. Soy hijo del grano muerto, eso mero soy. Prefiero, sin embargo, ahogarme en sangre que en papeles, intrigas, pleitos; ahogarme en sangre que ahogarme en cosas, cosas por las que nos afanamos hasta quedarnos secos, sin ellas y sin nuestras almas. Esto lo admitirá, al menos, mi hermano. ¿Admitirá el otro Martín que a nuestro padre le tocaron las hazañas, y a nosotros, sus hijos, sólo nos tocaron los pleitos? ¡Herederos del desierto y las chozas!

Martín 1

Hernán Cortés siempre amó la elegancia, el boato y las cosas bellas. De todo se valió para obtenerlas, es cierto.

En ce qui la concerne, ses menstrues se sont arrêtées, la guerre s'est achevée, le poignard du sacrifice est resté suspendu en l'air, le sang a séché, et moi j'ai été conçu dans le ventre de la Malinche lors d'une pause entre le sang et la mort, comme en un désert fertile. Je suis le fils de la semence morte, voilà ce que je suis. Mais je préfère me noyer dans le sang que dans la paperasserie, les intrigues, les procès ; me noyer dans le sang plutôt que dans les choses, ces choses pour lesquelles nous nous démenons jusqu'à nous retrouver sans rien, ayant perdu et les choses et notre âme. Sur ce point au moins mon frère sera d'accord. En effet, l'autre Martín reconnaîtra sans doute que notre père a connu les hauts faits, mais que nous ses enfants nous n'avons connu que les procès, n'est-ce pas ? Héritiers du désert et de quelques cabanes !

Martín 1

Hernán Cortés a toujours aimé l'élégance, le faste et les belles choses. Pour les obtenir, il a usé de tous les moyens, il est vrai.

Bernal Díaz escribe cómo en Cuba, antes de la expedición a México, mi padre comenzó a ataviarse, usando penacho de plumas, medallas y cadenas de oro y ropas de terciopelo sembradas con lazadas de oro. Sin embargo, no tenía con qué pagar estos lujos, estando en aquella sazón muy adeudado y pobre, pues gastaba cuanto tenía en su persona y atavíos de su mujer. Me cae bien mi padre por todo esto; es un tipo simpático, capaz de admitir que se procuró los avíos para su armada mexicana recorriendo la costa de Cuba cual gentil corsario, robando o extrayendo gallinas y pan cazabe, armas y dinero de los vecinos de la feraz isla, asombrados ante la audacia del extremeño mi padre. Hijo de molineros y soldados de la guerra contra los moros, mi padre heredó del suyo la reciedumbre mas no la resignación. Se creó un destino propio y se lo creó, pródigo como era, dos veces : un destino de ascenso y otro de descenso. Ambos asombrosos.

A mí, me heredó el gusto por las cosas. El Rey le negó a mi padre el poder en la tierra mexicana que conquistó.

1. Bernal Díaz del Castillo (1495 ou 1496-1584), l'un des compagnons d'armes de Cortés. Après avoir fidèlement suivi celui-ci dans toutes ses aventures, y compris au Honduras, et réussi à obtenir de la cour d'Espagne une situation confor-

Bernal Díaz[1] relate comment à Cuba, dès avant l'expédition du Mexique, mon père avait commencé à se parer de beaux atours, portant panache de plumes, médailles et chaînes en or et habits de velours semés de rubans dorés. Cependant, il n'avait pas de quoi payer tout cet apparat, se trouvant à l'époque très endetté et fort pauvre, car il dépensait tout ce qu'il gagnait pour sa personne et les toilettes de sa femme. Ce côté extravagant me plaît bien chez mon père ; c'était un gaillard sympathique, capable de reconnaître qu'il s'était procuré les provisions pour son armée mexicaine en écumant les côtes de Cuba tel un vaillant corsaire, soutirant et dérobant des poules et du pain cassave, des armes et de l'argent aux voisins de l'île fertile, ébahis devant l'audace de cet Extrémègne. Fils de meuniers et de soldats de la guerre contre les Maures, mon père avait hérité du sien la vigueur mais non la résignation. Il se forgea un destin personnel et, prodigue comme il l'était, il se le forgea deux fois : un destin d'ascension, un autre de déclin. Aussi étonnants l'un que l'autre.

Moi, il me légua le goût pour les choses. Le roi refusa à mon père le pouvoir sur la terre mexicaine qu'il avait conquise.

table au Mexique, il décida d'écrire ses Mémoires et de faire le récit des événements dans un célèbre livre intitulé *Histoire véridique de la conquête de la Nouvelle-Espagne.*

Pidió la gobernación de México y no se la dio, porque no pensara ningún conquistador que se le debía. Lo mismo había hecho el abuelo del rey don Carlos, Fernando el Católico, negándole a Colón el gobierno de las Indias que descubrió. En cambio, lo llenaron de honores y títulos, que yo aprendí a gozar desde niño. Capitán General de la Nueva España, Marqués del Valle de Oaxaca, el Rey le adjudicó a mi padre veintitrés mil vasallos y veintidós pueblos de Texcoco a Tehuantepec y de Coyoacán a Cuernavaca : Tacubaya y Toluca, Jalapa y Tepoztlán... Con el fin de obtener todo esto, y silenciar a sus enemigos, mi padre regresó a España en 1530. Nunca se vio a un capitán de las Indias regresar con tanta gloria, y toda pagada por él mismo, que no por la Corona.

Cortés demanda le gouvernorat du Mexique mais on ne le lui accorda pas afin qu'aucun conquistador ne pût penser que cela lui était dû. Le grand-père du roi Charles, Ferdinand le Catholique, avait déjà fait de même avec Colomb en lui refusant le gouvernement des Indes que celui-ci avait découvertes. En revanche, on combla mon père d'honneurs et de titres dont j'appris à jouir dès mon enfance. Capitaine-général de la Nouvelle-Espagne, marquis de la Vallée d'Oaxaca — le roi concéda à mon père vingt-trois mille vassaux et vingt-deux territoires villageois allant de Texcoco à Tehuantepec et de Coyoacán à Cuernavaca : Tacubaya, Toluca, Jalapa, Tepoztlán... Dans l'espoir de se faire confirmer ces attributions et de faire taire ses ennemis, mon père retourna en Espagne en 1530. Jamais on ne vit capitaine des Indes revenir au pays avec pareil déploiement de munificence, entièrement payé par lui et non par la Couronne.

Desde el Puerto de Palos, mi padre se dirigió a la corte a la sazón en Toledo, con una comitiva de ochenta personas traídas de México, más los españoles que aceptaron la invitación abierta de unirse a la escolta de soldados de la Conquista, nobles indios, cirqueros, enanos, albinos y muchos criados, además de los colibríes, guacamayas y quetzales, auras y guajolotes, plantas del desierto, tigrillos, joyas y códices ilustrados, que mi padre trajo en dos naves, alquilando mulas y carrozas para subir de Andalucía a Castilla, pasando por su pueblo natal de Medellín, donde se inclinó ante la tumba de su padre, mi abuelo, en cuyo honor yo fui nombrado, y besó la mano de su madre viuda, Catalina Pizarro, madre de un conquistador y tía de otro, don Francisco, extremeño también. La diferencia es que mi padre sabía leer y escribir y Pizarro no. Cortés y Pizarro se encontraron esta vez en el camino, cuando uno ya lo era todo y el otro seguía siendo nadie, aunque al cabo la mala suerte nos iguala a todos.

Du port de Palos, mon père prit la route de Tolède où se trouvait alors la cour, avec une suite de quatre-vingts personnes amenées du Mexique, plus les Espagnols qui acceptèrent l'invitation ouverte à se joindre à l'escorte de soldats de la Conquête, nobles indiens, gens de cirque, nains, albinos et domestiques en grand nombre, sans compter les colibris, les aras et les quetzals, les urubus et les dindons, les plantes du désert, les ocelots, les joyaux et les codex illustrés, que mon père avait fait transporter dans deux navires, louant des mules et des voitures pour monter d'Andalousie en Castille, s'arrêtant dans son village natal de Medellín pour aller s'incliner sur la tombe de son père, mon grand-père, dont je porte le nom et baiser la main de sa mère la veuve Catalina Pizarro, mère d'un conquistador et tante d'un autre, don Francisco, d'Estrémadure lui aussi. La différence c'est que mon père savait lire et écrire, alors que Pizarro[1] était analphabète. Cortés et Pizarro se rencontrèrent à mi-chemin, alors que l'un était déjà tout et l'autre rien encore, bien qu'au bout du compte le mauvais sort nous frappe tous également.

1. Francisco Pizarro (1475-1541), en français François Pizarre, conquérant espagnol. Il entreprit la conquête du Pérou, mais mourut assassiné par l'un de ses compagnons. C'est son frère Gonzalo qui poursuivit son œuvre et devint gouverneur du Pérou jusqu'à son exécution sur ordre de Charles Quint.

Todos notaron el brillo insano de la envidia en la mirada del otro extremeño, viendo a mi padre desparramando regalos para obtener favores, regalando a las señoras penachos de plumas verdes llenos de argentería y de oro y perlas, mandando hacer liquidámbar y bálsamo para que se sahumasen las damas que iba encontrando en las cortes y villas reales, y así se encaminó hasta la corte en Toledo, entre banquetes y fiestas, precedido de una fama y boato que a todos impresionaron. Al llegar a la corte, entró tarde a misa y pasó adelante de los más ilustres señores de España, para ir a sentarse junto al rey don Carlos, entre los murmullos de envidia y desaprobación. ¡Nada lo detenía a mi padre! Todo lo prodigó, salvo cinco esmeraldas finísimas que hubo de Moctezuma y que siempre guardó con celo para sí, como prueba, digo yo, de sus hazañas. Una esmeralda era labrada como rosa, la otra como corneta y otra un pez con ojos de oro, la cuarta era como campanilla, con una rica perla por badajo y guarnecida de oro, con la inscipción "Bendito quien te crió";

Chacun vit briller l'éclat insensé de la jalousie dans les yeux de l'autre Extrémègne au spectacle de mon père distribuant des cadeaux afin d'obtenir des faveurs, offrant aux dames des coiffures de plumes vertes chargées d'argent, d'or et de perles, ordonnant de confectionner du baume de liquidambar et autres extraits balsamiques pour qu'elles puissent se parfumer dans les cours et villes royales qu'il traversait, et ainsi procéda-t-il jusqu'à la cour installée à Tolède, entre banquets et fêtes, précédé d'une renommée et d'un faste qui impressionnèrent tout le monde. À Tolède, il arriva tard pour la messe et passa devant les plus illustres seigneurs d'Espagne pour aller s'asseoir au côté du roi Charles au milieu des murmures d'envie et de désapprobation. Il n'avait peur de rien, mon père ! Il offrit tout ce qu'il avait apporté, à l'exception de cinq émeraudes d'une délicatesse infinie, qu'il tenait de Moctezuma, et qu'il avait toujours jalousement gardées par-devers lui à titre de preuve, selon moi, de ses hauts faits. L'une des émeraudes était taillée en forme de rose, une deuxième en cornet, une troisième représentait un poisson aux yeux d'or, la quatrième ressemblait à une clochette sertie d'or avec une perle magnifique en guise de battant et portant l'inscription « Béni soit qui t'a élevé » ;

y la última era una tacita con el pie de oro y con cuatro cadenicas para tenerla, asidas en una perla larga como botón. De estas joyas se vanaglorió mi padre, tanto que la reina, cuando supo de las esmeraldas, quiso verlas y quedárselas, diciendo que las pagaría el emperador don Carlos a precio de cien mil ducados. Mas tanto las estimaba mi padre, que a la propia emperatriz se las negó, excusándose que las reservaba para mi madre Juana de Zúñiga, con quien había venido a desposarse... Y así fue : con ella regresó a México, y si con boato salió de Cuba a la conquista de México, y con boato regresó de México conquistando a España, con el lujo máximo regresó ahora, nuevamente, a la tierra sometida, hasta que sus enemigos, los envidiosos de siempre, lo detuvieron en Texcoco fuera de la ciudad de México, sitiándolo por hambre mientras se resolvía el juicio contra él iniciado en su ausencia. Le negaron el pan a mi padre. Se lo negaron a mi abuela doña Catalina Pizarro, que mi padre trajo a México para que conociera lo que su hijo le ganó a España y al Rey.

la dernière était en forme de petite coupe munie d'un pied en or et de quatre chaînettes pour assurer son assise sur une perle grosse comme un bouton. Mon père se vanta tant et si bien de ces joyaux que la reine, lorsqu'elle en fut informée, voulut les voir et les garder pour elle, disant que l'empereur Charles Quint les lui paierait cent mille ducats. Mais mon père attachait si grand prix à ces émeraudes qu'il refusa de les céder, même à l'impératrice, auprès de laquelle il s'excusa, disant qu'il les réservait pour ma mère Juana de Zúñiga qu'il était venu épouser… Ainsi en fut-il : c'est avec celle-ci qu'il s'en retourna au Mexique, et s'il avait quitté Cuba dans le faste pour partir à la conquête du Mexique, quitté le Mexique dans le faste pour rentrer conquérir l'Espagne, c'est dans le plus grand luxe qu'il débarquait de nouveau sur la terre soumise ; mais ses ennemis, les envieux de toujours, l'arrêtèrent à Texcoco, loin de Mexico, et le soumirent à un siège destiné à l'affamer en attendant l'issue du procès intenté contre lui en son absence. Ils lui refusèrent le pain. Ils refusèrent le pain à ma grand-mère doña Catalina Pizarro, que mon père avait emmenée au Mexique pour qu'elle connût ce que son fils avait gagné pour l'Espagne et le roi.

Doña Catalina mi abuela, recién enviudada, fue seducida por su hijo : — "Deja Medellín, donde has sido mujer recia, religiosa, pero escasa, y ven a México a ser gran señora". — Pues de hambre se murió mi abuela en Texcoco, de hambre, señores, de hambre se murió Catalina Pizarro mi abuela... De hambre, aunque ustedes no lo crean, ¡de hambre! ¿Por qué en esta familia no hay pausa alguna entre la felicidad y la desgracia, entre el triunfo y la derrota? ¿Por qué?

Martín 2

De riquezas habla mi hermano, de joyas y criados, de adornos y títulos, de poderes y de tierras, aunque también de hambre... Yo hablo de papeles. Pues cada cosa que tú has mencionado, Martín mi hermano, perdió su sustancia dura para convertirse en papel, montañas de papel, laberintos de papel, papel vomitado por pleitos y juicios eternos, commo si cada cosa conquistada por nuestro padre tuviese un solo destino postergado : la acumulación de fojas en los juzgados de las dos Españas, la vieja y la nueva.

Doña Catalina ma grand-mère, veuve depuis peu, s'était laissé convaincre par son fils : « Laisse Medellín où tu as été une femme vigoureuse, dévote, mais modeste ; viens au Mexique ; là-bas tu seras une grande dame. » Eh bien, elle est morte de faim ma grand-mère à Texcoco, de faim, messieurs, Catalina Pizarro ma grand-mère est morte de faim... De faim, vous dis-je, si incroyable que cela vous paraisse, de faim ! Pourquoi dans cette famille n'y a-t-il pas de place entre le bonheur et le malheur, entre la gloire et la défaite ? Pourquoi ?

Martín 2

Mon frère parle de richesses, de joyaux et de serviteurs, de titres et d'atours, de pouvoir et de terres, même s'il parle aussi de la faim... Moi je parle de papiers. Car tout ce dont tu as parlé, Martín mon frère, a perdu de sa substance tangible pour se transformer en papier, des montagnes de papier, des labyrinthes de papier, tonnes de papier vomi par les interminables procédures et les jugements sans fin, comme si chaque chose conquise par notre père n'avait qu'un seul destin éternellement ajourné : l'accumulation de dossiers dans les tribunaux des deux Espagne, l'ancienne et la nouvelle.

Víctima de un juicio eternamente diferido, en el que las cosas materiales acaban por demostrar que traían escondido en el alma un doble de papel, incendiable y ahogable. Borradas las cosas por el fuego y el agua del papel borrado. Ved, mi hermano. Pleito de Hernán Cortés contra unos tales Matienzo y Delgadillo por las tierras y huertas entre las calzadas de Chapultepec y de Tacuba. Otro pleito, un mes más tarde, contra los mismos a causa de una disputa por tributos y servicios de indios en Huejotzingo. Cartas de agravios contra la Corona. Memoriales ante el Consejo de Indias. Listas de ochenta, cien, mil preguntas repetitivas. Gastos de escribanos, copistas, mensajeros. Más de doscientas cédulas reales relativas a nuestro padre, negando sus agravios, aplazando sus pretensiones, pagándole con helada hiel la hazaña fiel de la Conquista. Mundo de abogados chicaneros, de leyes obedecidas pero jamás cumplidas, manos manchadas de tinta, pirámides de legajos, aves desplumadas para escribir mil legados, ¡más plumas en los tinteros que gansos en las marismas!

1. Mexico était bâtie sur une lagune, parcourue de canaux, les différents quartiers étant reliés par des chaussées.

2. Conseil créé en 1524 par Charles Quint — alors qu'on

Victime d'un jugement sans cesse différé, dans lequel les choses matérielles finissent par montrer qu'elles portaient caché dans leur âme un double de papier, inflammable et submersible. Choses effacées par le feu et l'eau du papier effacé. Vois, mon frère. Procès intenté par Hernán Cortés contre des dénommés Matienzo et Delgadillo en vue de récupérer des terres et des vergers situés entre la chaussée[1] de Chapultepec et la chaussée de Tacuba. Autre procès, un mois plus tard, contre les mêmes, au sujet d'une dispute concernant les tributs et services dus par des Indiens à Huejotzingo. Lettres de doléances contre la Couronne. Mémoires déposés devant le Conseil des Indes[2]. Listes de quatre-vingts, cent, mille questions répétitives. Frais de scribes, copistes, messagers. Plus de deux cents cédules royales relatives à notre père, rejetant ses plaintes, ajournant ses requêtes, payant en fiel glacé le féal exploit de la Conquête. Monde d'avocats chicaniers, de lois incontestées mais jamais appliquées, mains maculées d'encre, pyramides de dossiers, oiseaux déplumés pour ajouter des milliers de codicilles, plus de plumes dans les encriers que d'oies dans les marais !

croyait encore avoir découvert les « Indes » — en vue de surveiller et contrôler la colonisation de l'Amérique, et surtout l'or qu'on pouvait en rapporter.

El inacabable juicio de residencia contra tu padre y el mío en México por todo lo ya dicho : corrupción, abuso, promiscuidad carnal, rebeldía y asesinato. Tú lo sabes : El juicio contra nuestro jefe nunca se resolvió. Quedó consignado en dos mil folios y enviado desde México al Consejo de Indias en Sevilla. Miles de páginas, cientos de legajos. La tinta se impacienta. La pluma araña. La montaña de pergaminos se sepulta para siempre en los archivos que son el destino muerto de la historia. No te engañes, di la verdad conmigo, hermano Martín : Dos mil folios de prosa legal fueron enterrados para siempre en Sevilla porque de lo que se trataba era de mantener el juicio irresuelto, cual espada de Damocles sobre las cabezas de mi padre y también las de sus hijos, imbécil hermano mío, movido por la fatal gerencia de la fama y el lujo paterno, pero sin la astucia que al menos siempre acompañó los destinos de mi padre, su gloria pero también su ruina : ¿grandes ambas? Aún no lo sé. La historia verdadera, que no los polvosos archivos, lo dirá un día. La historia viva de la memoria y el deseo, hermano, que ocurre siempre ahoritita mismo, ni ayer ni mañana.

L'interminable action judiciaire contre notre père au Mexique pour tout ce qui a déjà été dit : corruption, abus, promiscuité charnelle, rébellion et assassinat. Tu le sais bien : le procès contre notre père demeura sans jugement. Il resta consigné dans deux mille folios, envoyés du Mexique au Conseil des Indes à Séville. Des milliers de pages, des centaines de dossiers. L'encre s'impatiente. La plume grince. La montagne de parchemins est à jamais ensevelie dans les archives qui sont le destin mort de l'Histoire. Reconnais la vérité avec moi, frère Martín : deux mille folios de prose juridique furent à jamais enterrés à Séville car le but était bien de laisser la procédure sans issue, afin qu'elle reste suspendue, telle une épée de Damoclès au-dessus de la tête d'Hernán Cortés puis celle de ses fils, mon crétin de frère, aveuglé que tu es par la funeste gestion de la renommée et du luxe paternels, mais dépourvu de l'astuce qui du moins a toujours accompagné les destins de mon père, sa gloire aussi bien que sa ruine. Celles-ci furent-elles également grandes ? Je ne puis en juger. La véritable histoire, et non les archives poussiéreuses, le dira un jour. L'histoire vivante de la mémoire et du désir, mon frère, qui se déroule toujours dans l'instant, ni hier ni demain.

Mas qué decir de yo mero, que me dejé arrastrar a tu loca aventura por ti, a quien conozco tan bien que no sé si despreciarte o temerte. Lástima, hermano mío. ¿Cómo se me ocurrió confiar en ti?

Martín 1

No soy tan estúpido como tú crees, Martín Segundo. Segundo, sí, segundón, aunque te duela. Te hiero sólo para herirme a mí mismo y demostrarte que yo también sé ver muy claro lo que ocurre. No me creas un cegatón del destino, un Edipo indiano, no. Quiero y respeto a nuestro padre. Murió en mis brazos, no en los tuyos. Entiendo lo que dices. Hernán Cortés tuvo dos destinos. ¿Cómo no iba a huir del pleito eterno, del tribunal sedentario, para lanzarse a una loca aventura tras otra? Como dejó atrás a Extremadura de muchacho para descubrir por sí mismo el Nuevo Mundo; como abandonó Cuba y su vida apacible para lanzarse a la Conquista de México;

Mais que dire de moi-même qui me suis laissé entraîner dans ta folle aventure, entraîné par toi que je connais si bien que je ne sais si je dois te craindre ou te mépriser. Hélas ! comment ai-je pu avoir l'idée de te faire confiance, mon frère ?

Martín 1

Je ne suis pas aussi stupide que tu le crois, Martín Second. Second, oui, en second, même si ça te fait mal. Je te blesse pour me blesser moi-même et te montrer que moi aussi je vois clairement ce qui se passe. Ne me prends pas pour un aveugle du destin, un Œdipe indien, non. J'aime et je respecte notre père. Il est mort dans mes bras, pas dans les tiens. Je comprends ce que tu dis. Hernán Cortés a eu deux destins. Comment ne pas fuir l'éternel procès, le tribunal immobile, pour se lancer dans une folle aventure après l'autre ? Comme il avait quitté l'Estrémadure de son enfance pour découvrir par lui-même le Nouveau Monde ; comme il avait quitté Cuba et sa vie tranquille pour se lancer à la conquête du Mexique ;

así dejó atrás el mundo de intrigas y papeleos que siguió a la Conquista para lanzarse a Honduras primero y luego al descubrimiento de la tierra más estéril del mundo, esa larga costa del Mar del Sur donde no encontró, como acaso lo soñaba, ni el reino de las Siete Ciudades de Oro ni los amores de la reina amazona llamada Calafia, sino sólo arena y mar. ¿Cómo no iba a sentirse humillado cuando de regreso de las Californias el torvo y cruel Nuño de Guzmán le prohibió el paso por las tierras de Xalisco?

Con raro sarcasmo me comentó nuestro padre, antes de morir, que acaso sólo dos cosas valieron la pena de esa expedición. La primera fue descubrir un nuevo mar, un golfo hondo y misterioso de aguas tan cristalinas que a flor de playa se parecía nadar en aire, si no fuera por la multitud de peces plateados, azules, verdes, negros y amarillos que jugueteaban veloces a la altura de las rodillas de los soldados y marinos encantados de encontrar ese paraíso placentero. ¿Era isla? ¿Era península? ¿Conducía realmente a las tierras de la reina Calafia, a Cibola y El Dorado? No importaba, me dijo, por un instante realmente no importaba.

de même laissa-t-il derrière lui l'univers d'intrigues et de paperasseries qui suivit la Conquête pour se lancer dans le Honduras, puis à la découverte de la contrée la plus stérile du monde, cette longue côte de la mer du Sud où il ne trouva, contrairement à ce qu'il avait sans doute rêvé, ni le royaume des Sept Cités d'Or ni les amours de la reine des Amazones nommée Calafia, mais seulement de l'eau et du sable. Comment ne se serait-il pas senti humilié lorsqu'en revenant des Californies, le torve et cruel Nuño de Guzmán lui interdit le passage par les terres du Xalisco ?

C'est avec une amère ironie que notre père me dit, avant de mourir, que l'expédition n'avait peut-être pas été vaine, ne fût-ce que pour deux raisons. La première est qu'elle permit de découvrir une nouvelle mer, un golfe profond et mystérieux aux eaux si cristallines qu'à fleur de rivage on avait l'impression de flotter dans l'air n'était la multitude de poissons argentés, bleus, verts, noirs et jaunes qui folâtraient autour des genoux des soldats et des marins émerveillés de se trouver en un lieu aussi paradisiaque. Était-ce une île ? Une péninsule ? Conduisait-elle réellement au pays de la reine Calafia, à Cibola, à El Dorado ? Peu importait, me dit-il, car sur le moment cela n'avait réellement aucune importance.

El encuentro del desierto y el mar, los cactos inmensos y el mar transparente, el sol redondo como una naranja... Ése fue su otro gusto. Recordó que al llegar a Yucatán lo deslumbró ver un naranjo cuyas semillas trajeron hasta allí los dos náufragos desleales, Aguilar y Guerrero. Ahora mi propio padre, humillado por el sátrapa de Xalisco, el asesino Nuño de Guzmán, debió reembarcarse en la Barra de Navidad y navegar hasta la bahía de Acapulco, a donde desembarcó para seguir a México. Tuvo una idea. Le pidió semillas de naranjo al contramaestre de a bordo. Se guardó un puñado en su faltriquera. Pero en la costa acapulqueña buscó un lugar bien sombreado y frente al mar cavó hondo y plantó las semillas del naranjo.

— Tardarás cinco años en dar tus frutos — le habló mi padre a las semillas del naranjo — pero lo bueno es que creces bien en clima frío, como el nuestro, donde las heladas te permiten dormitar todo el invierno. Vamos a ver si también aquí, en esta tierra aromática e incendiada, das tus frutos. Creo que lo importante, siempre, es cavar hondo para protegerte, naranjo.

1. Jerónimo de Aguilar : « narrateur » d'une autre nouvelle tirée de *L'oranger* (voir préface) et Gonzalo Guerrero, également fait prisonnier par les Indiens, mais qui choisit de rester

La rencontre du désert et de la mer, les cactus immenses et l'eau transparente, le soleil rond comme une orange… L'autre raison fut justement, se souvint-il, son émerveillement, en arrivant dans le Yucatán, de découvrir un oranger dont les graines avaient été apportées jusque-là par les deux naufragés déloyaux, Aguilar et Guerrero[1]. Cependant mon père, humilié par le satrape de Xalisco, l'assassin Nuño de Guzmán, fut contraint de réembarquer sur le *Barra de Navidad* et de naviguer jusqu'à la baie d'Acapulco où il débarqua pour remonter jusqu'à Mexico. Il eut une idée. Il demanda des graines d'oranger au contremaître du bord. Il en glissa une poignée dans son gousset. Sur la côte acapulquègne, il chercha un endroit bien ombragé, face à la mer, et il creusa un trou profond dans lequel il enfouit les graines d'oranger.

« Il te faudra cinq ans pour donner des fruits, déclara mon père aux graines qu'il venait de planter ; le problème est que tu pousses bien en climat froid comme le nôtre, où les gelées te permettent de dormir tranquillement tout l'hiver. Voyons si ici, sur cette terre aromatique et brûlante, tu donnes des fruits, oranger. L'essentiel, je crois, c'est de toujours creuser bien profond pour te protéger. »

parmi eux, épousa une Indienne et adopta le mode de vie indigène.

Ahora, el perfume de la flor del naranjo entraba por la ventana de sus agonías. Era el único regalo de su muerte quebrada, humillada...

Martín 2

Espera un momentito. Cómo me duele tu vanidad. Todo lo miras como pérdida de dignidad, humillación, quiebra de la hidalguía. ¡Criollo de mierda! Admite que nuestro padre no fue tan astuto como se dice. ¡Qué doblez de inocencia increíble en hombre tan sagaz! Admítelo tú como te lo cuento yo, hermano Martín. Sólo en la astucia se casó con la astucia. Luego se divorciaron y una astucia se quedó sin pareja, mientras que la otra vino a esposarse con la ingenuidad. Muy colmilludo pero también muy pendejo. ¿Por qué no lo admites? ¿Temes que se apague la flama que tú crees alumbrar con tu piedad filial? ¿Temes que tu padre te herede, no el triunfo sino el fracaso? ¿Huyes de la parte maldita y frívola de su destino temiendo que sea el tuyo? ¿No prefieres mi franquez?

Maintenant, le parfum de la fleur d'oranger entrait par la fenêtre jusqu'à son lit d'agonie. C'était la seule consolation de sa fin brisée, humiliée…

Martín 2

Attends une minute. Ta vanité me fait mal au cœur. Tu vois tout en termes de perte de dignité, d'humiliation, de fierté d'hidalgo. Créole de merde ! Reconnais plutôt que notre père n'a pas été aussi malin qu'on le dit. Quelle incroyable innocence se cachait sous la sagacité de cet homme ! Reconnais que les choses sont comme je le dis, frère Martín. Ce n'est que dans l'astuce qu'il épousa l'astuce. Par la suite, il y eut divorce, et une astuce resta sans partenaire tandis que l'autre épousait l'ingénuité. Très malin mais aussi parfaitement couillon. Pourquoi ne pas le reconnaître ? Tu crains que ne s'éteigne la flamme que tu crois alimenter par ta piété filiale ? Tu crains que ton père ne te lègue, non la gloire mais l'échec ? Tu fuis la part maudite et frivole de son destin de peur qu'elle ne devienne aussi la tienne ? Tu ne préfères pas ma franchise ?

¿No sabes que su imperial regreso a España con una corte propia y desparramando riquezas confirmó al Rey en la sospecha de que este soldado quería ser el soberano de México? Sus regalos exagerados a las mujeres enfurecieron a los maridos. Su insolencia de pasar sin permiso por encima de los grandes en la misa y sentarse junto al Rey, su desdén de no regalarle, ni siquiera venderle, las esmeraldas a la Reina, ¿no crees que todo ello enfrío al Rey y a la corte, predisponiéndoles contra nuestro padre, encabronándolos? ¿Para tu madre guardó las famosas esmeraldas? Pues más le hubiera valido tirarlas a los cerdos. No me mires así.

Martín 1

Me separo de ti, hermano. Te relego de nuevo a la tercera persona, ni siquiera a la segunda que inmerecidamente te vengo dando. No vas a arrebatarme la desgarrada franqueza de ser yo quien hable mal de mi madre. ¿Papeles, dices? ¿Posesiones, cosas, herencias?

Ne comprends-tu pas que son impérial retour en Espagne, avec une cour à lui et distribuant les richesses à tout va, confirma le roi dans la suspicion que ce soldat voulait être le souverain du Mexique ? Ses cadeaux exagérés aux femmes exaspérèrent les maris. L'insolence avec laquelle il s'autorisa à passer par-dessus les grands pour aller s'asseoir auprès du roi pendant la messe, le dédain qu'il manifesta en refusant d'offrir, et même de vendre, les émeraudes à la reine, ne crois-tu pas que tous ces comportements indisposèrent le roi et la cour envers notre père, éveillèrent leur méfiance, les rendirent mauvais ? C'est pour ta mère qu'il gardait les fameuses émeraudes ? Il aurait aussi bien fait de les jeter aux porcs. Ne me regarde pas comme ça.

Martín 1

Je me sépare de toi, mon frère. Je te relègue de nouveau à la troisième personne, je ne t'accorderai même plus la deuxième que je venais de te donner. Tu ne vas pas m'obliger à la franchise déchirante qui consisterait à dire du mal de ma mère. La paperasse, dis-tu ? Possessions, choses, héritage ?

Puedo aceptar que el Rey, Nuestro Señor, haya concedido indios y pueblos a mi padre sólo para mermarlos poco a poco, quitarle un Acapulco aquí, un Tehuantepec allá... Pero que mi madre intentase quitarles cosas a sus propios hijos... He sido franco. Reconozco que violé el testamento de mi padre, para evitarle el despilfarro de indios y tierras en nombre de no sé qué humanismo senil desordenado. No sabía entonces que mi propia madre Juana de Zúñiga, imperiosa y arrogante, devorada por el celo y las ausencias de mi padre en España (buscando su derecho y encontrando sólo su muerte), humillada por el abandono primero y la muerte después, conocedora de las debilidades carnales de su marido, aislada durante años con seis hijos en un pueblo de indios como Cuernavaca, irritada por la facilidad con que su marido contraía deudas para sufragar locas expediciones, sostener sus casas, procurarse hembras, pagar a sus abogados, deberles sumas exorbitantes a los banqueros sevillanos y a los prestamistas italianos (¡¿quién no le daba crédito al hombre que conquistó a Moctezuma el de la Silla de Oro?!)

Je peux accepter que le roi, notre seigneur, ait concédé des Indiens et des territoires à mon père pour les lui reprendre peu à peu, lui enlever Acapulco par-ci, Tehuantepec par-là... Mais que ma mère ait essayé de dépouiller ses propres enfants... J'ai été franc. Je reconnais que j'ai violé le testament de mon père afin d'éviter la dilapidation d'Indiens et de terres au nom de je ne sais quel humanisme sénile désordonné. Je ne savais pas alors que ma propre mère Juana de Zúñiga, autoritaire et arrogante, dévorée par la jalousie et les absences de mon père parti pour l'Espagne (faire reconnaître ses droits et n'y trouvant que la mort), humiliée par l'abandon puis la disparition de son mari, connaissant ses faiblesses charnelles, isolée pendant des années avec six enfants dans un village d'Indiens comme Cuernavaca, irritée par la légèreté avec laquelle son mari contractait des dettes pour financer de folles expéditions, entretenir ses maisons, se procurer des femmes, payer ses avocats, empruntant pour cela des sommes exorbitantes aux banquiers sévillans et aux prêteurs italiens (qui n'aurait accordé crédit à l'homme qui avait vaincu Moctezuma, l'empereur au Siège d'Or !),

e insultada por la disposición testamentaria de mi padre, devolviéndole los dos mil ducados que recibió de ella como dote, y nada más, se convertiría, al morir nuestro padre, en la urraca despiadada de sus propios hijos. Debí sospecharlo. A su hija natural con Leonor Pizarro, fruto de tempranos amores en Cuba y llamada simplemente Catalina Pizarro, la mimó nuestro padre con afecto y diligencia. Contra ella se cebó ante todo mi madre doña Juana, auxiliándose de torvos abogados para engañarla, obligarla a firmar documentos cediéndole a mi madre sus propiedades y con la ayuda del hipócrita Medina Sidonia, que tanto halagó a mi padre en Sevilla, internándola a la fuerza en el convento dominico de la Madre de Dios, cerca de Sanlúcar, donde la pobre indefensa vivió hasta el fin de sus días, angustiada y perpleja.

se sentant insultée par la disposition testamentaire de mon père lui rendant les deux mille ducats qu'elle lui avait apportés en dot, et rien de plus, que cette femme, ma mère, se transformerait, après la mort de notre père, en une pie voleuse de ses propres enfants. J'aurais dû m'en douter. La fille naturelle que mon père avait eue avec Leonor Pizarro, fruit d'amours précoces à Cuba, et qui se nommait simplement Catalina Pizarro, avait été choyée par lui avec affection et diligence. C'est surtout contre elle que s'acharna ma mère doña Juana, s'entourant d'avocats véreux pour la tromper, l'obliger à signer des documents par lesquels elle cédait à ma mère ses propriétés et finalement, avec l'aide de l'hypocrite Medina Sidonia qui avait tant flatté mon père à Séville, la faisant interner de force dans le couvent dominicain de la Madre de Dios, près de Sanlúcar, où la pauvre créature sans défense passa le restant de ses jours dans l'angoisse et l'incompréhension de ce qui lui arrivait.

En todo ello debí reconocer un presagio de mi propia suerte, cuando mi madre la viuda de Hernán Cortés, negó el paso a los albaceas a nuestra casa de Cuernavaca, a los abogados los hizo recibir por sus criados, negándose al inventario y menos a la cesión de lo que era mío, y conmigo entabló pleitos por alimentos, por las dotes de sus hijas mis hermanas Catalina y Juana, casadas ya con hombres de alcurnia de España y por las tierras, cada vez más dispersas y mermadas, del Marquesado. Me demandó por alimentos, por el pago de su dote, por bienes del Marquesado que supuestamente yo me había apropiado indebidamente, por una pensión vitalicia que según ella yo debía pagarle a un fraile su hermano. Alegó que andaba retrasado de diez años en pagos debidos a mis hermanas Juana y María, dos espinas del ramillete de hijas mexicanas de mi padre. Pero a mi hermana desgraciada, Catalina la hija mayor de Hernán Cortés, la despojó mi madre de sus tierras en Cuernavaca y, como queda dicho, la mandó encerrar para siempre en un convento. Tanto vale, vale tanto el amor de la madre como la piedad del hijo. Non confió en mi generosidad, jamás desmentida.

Dans tout cela j'aurais dû reconnaître le présage de ce qui m'attendait, et aussi quand ma mère veuve d'Hernán Cortés refusa l'entrée de notre maison aux exécuteurs testamentaires, qu'elle fit recevoir les avocats par les domestiques, refusant qu'on procède à l'inventaire et encore moins à la remise de la part qui m'était due, puis elle entama des procès contre moi pour réclamer des pensions alimentaires, des dots pour ses filles, mes sœurs Catalina et Juana, déjà mariées avec des hommes de bonne famille en Espagne, et les terres, de plus en plus dispersées et réduites, du marquisat. Elle me réclamait une pension, le remboursement de sa dot et des biens du marquisat dont elle prétendait que je me les étais indûment appropriés, sans compter une rente qu'elle estimait que je devais verser à son frère moine. Elle allégua que j'étais en dette depuis dix ans de sommes dues à mes sœurs Juana et María, deux épines du bouquet de filles mexicaines de mon père. Mais ma pauvre sœur, Catalina la fille aînée d'Hernán Cortés, ma mère la dépouilla des terres qui lui appartenaient à Cuernavaca et, comme il a déjà été dit, la fit enfermer à vie dans un couvent. Tant vaut l'amour de la mère que la piété du fils. Elle ne se fia pas à ma générosité pourtant jamais démentie.

No entendió que yo necesitaba concentrar toda la riqueza de nuestra casa entre mis manos para hacer fuerte impresión a mi regreso a México tras la muerte de mi padre y restablecer nuestra fortuna sobre una base de poder político. Su codicia y ambición la convirtieron en estatua. Para siempre de rodillas, fingiendo orarle a Dios, mi madre de piedra vive de hinojos en la Casa de Pilatos en Sevilla, cubierta por un velo de disimulos, mirando al mundo con ojos ávidos, saltones, boquita apretada y mentón prógnata. La muy hipócrita reza con las manos unidas, sin joyas. Pero hasta este día, como un reproche, se escucha sobre su cabeza de piedra el aleteo de un halcón que fue lo único que le pidió al morir mi padre : "Señora : Mucho os encargo toméis cuidado de que sea curado mi halcón 'El Alvarado' que sabéis mucho quiero por lo que a vos lo encomiendo." ¿Cuándo descenderá ese halcón en picada sobre la cabeza orante de mi madre ? Se estrellará contra ella, pobrecito. La buena dama tenía la cabeza de piedra. Cosas y papeles, dura materia, papel inflamable y borrado por las aguas del Mar Océano, qué tristeza... Tienes razón, Martín hijo de Malinche.

1 Mexico, la cathédrale.

« Ô mon Dieu, combien de chrétiens viendront un jour prier dans cette cathédrale sans se douter qu'à la base de chacune des colonnes du temple catholique se trouve inscrit l'emblème des dieux aztèques ? »

2

« Fils de meuniers et de soldats de la guerre contre les Maures, mon père avait hérité du sien la vigueur mais non la résignation. Il se forgea un destin personnel et, prodigue comme il l'était, il se le forgea deux fois : un destin d'ascension, un autre de déclin. Aussi étonnants l'un que l'autre. »

3

2 Hernán Cortés et ses capitaines espagnols, détail d'un paravent attribué à Juan Correa, début du XVIIIe siècle, Banque nationale, Mexico.

3 Carlos Fuentes, chez lui à San Geronimo, Mexico, février 2001.

4

5

4 Portrait de Victoria, village de Aguacatenango, Chiapas, 1994.

5 Mexico, 1998, représentation en costume traditionnel en l'honneur de la Vierge de Guadalupe.

6 Vue d'en haut du temple de Chichén-Itzá, Mexique.

« Tu as raison, Martín fils de la Malinche.
Le monde est un monde de pierre et ni les papiers, ni l'eau, ni les flammes ne peuvent rien contre lui. »

6

7

« …et moi j'ai été conçu dans le ventre de la Malinche lors d'une pause entre le sang et la mort, comme en un désert fertile. Je suis le fils de la semence morte, voilà ce que je suis. »

7 La Malinche est envoyée auprès d'Hernán Cortés, *Historia de las Indias* par Diego Durán, 1579, Bibliothèque nationale, Madrid.

8 *Rencontre de Cortés et des envoyés de l'empereur Moctezuma, idem.*

8

9 Mexico, 1963.

10 Mexico, 1986, enfants de la rue.

« Toi, Martín Cortés le petit second, le métis, le fils de l'ombre. Sans toi, je n'étais rien dans ce pays, sans aucun pouvoir. J'avais besoin de toi, fils de la Malinche, pour accomplir mon destin au Mexique. »

11

« Hernán Cortés a toujours aimé l'élégance, le faste et les belles choses. Pour les obtenir, il a usé de tous les moyens, il est vrai. »

12

13

11 *La grande place de la ville de Mexico*, peinture du XVIIIe siècle, Musée national d'histoire, Mexico.

12 Mexico, 1995, manifestation de paysans et d'indios.

13 Vue nocturne de la ville de Guadalajara.

14 Carlos Fuentes chez lui à Londres en 1990.

« ...quel dieu, miroir fumant ou esprit saint? serpent à plumes ou Christ crucifié? un dieu qui exige ma mort ou un dieu qui me fait don de la sienne? père sacrificateur ou père sacrifié? silex ou croix ? quelle mère de dieu, Tonantzin ou Guadalupe ? »

15 Scène de rue dans la ville de Minatitlán, 1983.

16 Célébration de la semaine sainte dans la région de Puebla.

15

16

17 Juchitan, Oaxaca, 1992, en attendant le baptême.

« ...le père, le fils et le saint-esprit, le paternel, le gamin, le succube, lequel des trois choisis-tu, nouveau petit Mexicain, à la fois indien et castillan comme moi, le papa, le gosse, ou le fantôme ? »

18 La pierre de Cuilapan, Oaxaca, avec inscription de la date, 1555, par les Espagnols, Musée national d'anthropologie, Mexico.

« Comment nommer notre prochain temps : reconquête, contreconquête, anticonquête, rétroconquête, cuauhtémoconquête, préconquête, cacaconquête ? »

19 Chiapas, 1994, père et fille.

« ...le Mexique est un pays blessé de naissance, nourri au lait de la rancune, élevé au bercement de l'ombre. Parle-lui gentiment, soigne-le, donne-lui ce qu'il veut et fais-le tien en secret. Ne révèle à personne ton amour pour le Mexique. La lumière crue offense les fils de l'ombre. »

Crédits photographiques

1 : Erich Hartmann/Magnum. 2, 7, 8, 11, 18, *couverture* : G. Dagli Orti. 3 : Reuters/MaxPPCM. 4, 19 : Paul Fusco/Magnum. 5, 14, 15 : Abbas/Magnum. 6 : René Burri/Magnum. 9 : Henri-Cartier Bresson/Magnum. 10 : Kent Klich/Magnum. 12 : Thomas Hopker/Magnum. 13, 17 : David Alan Harvey/Magnum. 16 : Josef Koudelka/Magnum.

Elle ne comprit pas que j'avais besoin de concentrer toutes les richesses de notre maison entre mes mains pour pouvoir faire forte impression à mon retour au Mexique après la mort de mon père et rétablir notre fortune sur la base d'un pouvoir politique. Son ambition et sa cupidité la changèrent en statue. À jamais figée dans la feinte posture de la prière, ma mère pétrifiée vit à genoux dans la Casa de Pilatos à Séville, sous un voile de dissimulation, lorgnant le monde d'un œil avide, globuleux, lèvres serrées et menton prognathe. L'hypocrite prie les mains jointes, sans bijoux. Mais à ce jour on entend encore au-dessus de sa tête de pierre le battement d'ailes d'un faucon qui fit l'objet de l'unique requête que lui adressa mon père avant de mourir : « Madame, je vous prie instamment de veiller à ce qu'on soigne mon faucon El Alvarado, car vous savez en quelle grande affection je le tiens et c'est pourquoi je le recommande à votre diligence. » Quand le faucon descendra-t-il en piqué sur la tête en prières de ma mère ? Il se fracassera dessus, le pauvre. La bonne dame a une tête dure comme la pierre. Choses et papiers, dure matière, papier inflammable, effacé par les eaux de la mer Océane[1], quelle tristesse… Tu as raison, Martín fils de la Malinche.

1. Dénomination, à l'époque, de l'océan Atlantique.

El mundo es de piedra y nada pueden contra él ni los papeles ni el agua ni las llamas.

Martín 2

Hago un esfuerzo por congraciarme contigo, hermano Martín. Acepto que por razones distintas, pero al cabo comunes, los dos tenemos algo que hacer juntos. Más vale hacerlo de buena voluntad, digo yo, como buenos cuates. No me importa que dejes de tutearme y me relegues a la tercera persona. Mira : para halagarte, yo mismo contaré la manera como regresaste a México, a los treinta años de edad, en el año 1562, en medio de la alegría de todos los hijos de los conquistadores pues ya éramos al tiempo de una segunda generación y en ti ellos veían la justificación de sus riquezas mexicanas cuando las habían y la justicia en reclamarlas cuando no. Reuniéronse todos en la plaza mayor de la ciudad de México para recibir al hijo criollo del conquistador. Todos pusieron de su peculio, pues México era ciudad riquísima, y en ella no había españoles pobres.

Le monde est un monde de pierre et ni les papiers, ni l'eau, ni les flammes ne peuvent rien contre lui.

Martín 2

Je fais un effort pour me gagner tes bonnes grâces, frère Martín. J'accepte que pour des raisons différentes, mais au bout du compte convergentes, nous ayons toi et moi quelque chose à faire ensemble. Mieux vaut le faire de bon gré, d'après moi, en bons camarades. Peu m'importe que tu cesses de t'adresser à moi et me relègues à la troisième personne. Écoute, pour te faire plaisir, je vais raconter moi-même ton retour au Mexique, à l'âge de trente ans, en l'an 1562, dans l'allégresse de tous les fils de conquistadors, car nous en étions à la deuxième génération et ces derniers voyaient en toi la justification de leurs richesses mexicaines quand ils en avaient, ou la justesse de leurs revendications quand ils n'en avaient pas. Ils se rassemblèrent tous sur la grand-place de Mexico pour accueillir le fils créole du conquistador. Chacun y alla de son obole, car Mexico était une ville très riche et où il n'y avait pas d'Espagnols pauvres.

Tanto abundaba la plata, que quien se metía a limosnero acababa rico, ya que la menor limosna era cuatro reales de plata. Ya se sabe que las fortunas en México se hacen pronto, pero en estos años después de la Conquista, bastaba ser pobre y español para meterse a limosnero y fundar al poco tiempo un mayorazgo, pésele a los hijos y nietos, hoy ennoblecidos, de aquellos pordioseros. Éste es país, también lo sabes, donde el dinero crece en los árboles, pues la moneda corriente de los indios es el cacao, que se da en mata del tamaño del naranjo y con una fruta de tamaño de almendras, cien de las cuales valen un real. Basta acostarse en un petate en el mercado a vender cacao para acabar, como el caballero Alonso de Villaseca, con un millón de pesos de hacienda. Esto es para indicar con qué reventón fue en efecto recibido mi hermano Martín Cortés al llegar de España y entrar a la plaza mayor de México llena de más de trescientos jinetes en muy ricos caballos y jaeces, con libreas de seda y telas de oro, que fingieron en honor del hijo del conquistador lides y escaramuzas.

Il y avait tant d'argent que quiconque se faisait mendiant finissait dans l'opulence, vu que la moindre aumône s'élevait à cinq réaux d'argent. On sait que les fortunes au Mexique se bâtissent rapidement, mais en ces années qui suivirent la Conquête, il suffisait d'être pauvre et espagnol pour s'installer comme mendiant et l'on fondait bientôt une fortune dynastique, n'en déplaise aux enfants et petits-enfants, aujourd'hui anoblis, de ces bélîtres. Ceci est un pays, tu le sais aussi bien que moi, où l'argent pousse sur les arbres, puisque la monnaie courante des Indiens est le cacao dont l'arbre a la taille de l'oranger et les fruits la taille de l'amande, et cent de ces grains valent un réal. Il suffit de s'allonger au marché sur un *petate*[1] à vendre du cacao pour finir, tel le chevalier Alonso de Villaseca, avec un pécule d'un million de pesos. Cela pour donner une idée de l'éclat de la réception de mon frère Martín Cortés à son retour d'Espagne et lorsqu'il fit son entrée sur la grand-place de Mexico remplie de plus de trois cents cavaliers montés sur de superbes chevaux richement harnachés, en livrée de soie et étoffes tissées d'or, qui en l'honneur du fils du conquistador mimèrent des joutes et des combats de lice.

1. Du nahuatl *petatl* : natte de palmes.

Y luego entraron dos mil jinetes más con capas negras para hacerla de emoción, y a las ventanas salieron las señoras (y las que no lo eran también) ataviadas con joyas y doseles. El propio virrey Luis de Velasco salió del palacio a recibir a mi hermano, abrazándolo, pero si el Virrey miraba alrededor de la plaza lo que sólo le daban de prestado, mi hermano miraba lo suyo propio : el centro de la capital de Moctezuma, donde nuestro padre se quedó con los palacios de Axayácatl, para construir las Casas Viejas para sí y los suyos y, sobre el palacio de Moctezuma, las Casas Nuevas o sea el palacio del cual salía hoy el propio Virrey a recibirte, Martín hermano. Todo lo vi yo desde la obra que por entonces se iniciaba de la catedral de México, entre postes y mamparas, en nada distinto yo de los albañiles y cargadores que allí se hacinaban, ellos tan lejanos al lujo que te rodeaba, ellos sin la plata, ni el mayorazgo, ni las pepitas del cacao siquiera, sino con las caras arañadas por la viruela y las narices escurriéndoles mocos pues aún no se acababan de acostumbrar al vil catarro europeo. Y yo, hermano, viéndote entrar rodeado de gloria a la ciudad conquistada por nuestro padre.

Puis arrivèrent deux mille cavaliers de plus en cape noire pour accroître l'émotion, et aux balcons parurent les dames (et celles qui ne l'étaient pas) sous des dais et portant leurs joyaux. Le vice-roi en personne, Luis de Velasco, sortit du palais pour accueillir mon frère et lui donner l'accolade, mais si le vice-roi balayait du regard autour de la place ce qui ne lui était que prêté, mon frère contemplait ce qui lui appartenait en propre : le centre de la capitale de Moctezuma où notre père s'était attribué les palais d'Axayácatl afin d'y aménager les Casas Viejas pour lui et les siens tandis que sur les fondations du palais de Moctezuma, on construisait les Casas Nuevas, c'est-à-dire le palais d'où sortait aujourd'hui le vice-roi pour te recevoir, Martín mon frère. Moi, j'assistai au spectacle de l'ouvrage qu'on venait de commencer et qui allait devenir la cathédrale de Mexico, au milieu des poteaux et des palissades, indistinctement mêlé aux maçons et portefaix qui se pressaient là, ces hommes si éloignés du luxe qui t'entourait, eux sans argent, sans pécule, sans même le moindre grain de cacao, le visage grêlé de petite vérole, la morve au nez parce qu'ils n'arrivaient pas à s'habituer au vulgaire catarrhe européen. Et moi, mon frère, te regardant entrer, auréolé de gloire, dans la ville conquise par notre père.

Yo, hermano, parado en lo que quedaba del vasto muro azteca de las calaveras, sobre el cual comenzaba a levantarse la catedral. Dejé de mirar a los jinetes y los caballos. Miré a la gente mugrosa que me rodeaba, vestida de manta, descalza y con las frentes ceñidas de cordeles y las espaldas cargadas de costales, y pensé, Dios mío, ¿cuántos cristianos vendrán algún día a orar a esta catedral, sin imaginar siquiera que en la base de cada columna del templo católico está inscrita una insignia de los dioses aztecas? Pero, con permiso de ustedes, el pasado se olvidó y a mi hermano la Corona le restituyó una parte de la hacienda de nuestro padre, que aun mermada, era la más grande fortuna de México.

Martín 1

¡Esto es lo que me gusta recordar! Imagináos que en la gran ciudad de México se desconocía el brindis. A mí me tocó introducir en las cenas y saraos esta costumbre española.

Moi perché sur ce qui restait du vaste mur aztèque, le mur aux crânes[1], au-dessus duquel commençait à s'ériger la cathédrale. Je détournai les yeux des cavaliers et des chevaux pour les poser sur les gens crasseux qui m'entouraient, une couverture en guise de vêtement, pieds nus, le front ceint de cordages, les épaules chargées de fardeaux, et je pensai : ô mon Dieu, combien de chrétiens viendront un jour prier dans cette cathédrale sans se douter qu'à la base de chacune des colonnes du temple catholique se trouve inscrit l'emblème des dieux aztèques ? Cependant, avec votre permission, le passé fut oublié et la Couronne restitua à mon frère une partie des biens de notre père, lesquels, même amputés, n'en représentaient pas moins la plus grande fortune du Mexique.

Martín 1

Voilà ce dont j'aime me souvenir ! Figurez-vous que dans la grande ville de Mexico on ne savait pas ce que voulait dire « trinquer ». J'eus l'idée d'introduire dans les dîners et les soirées de la capitale cette coutume espagnole.

1. Enceinte du palais de l'empereur aztèque, incrusté de crânes sculptés, dont on a découvert les restes en 1969, lors de la construction du métro.

¡Nadie en México sabía qué cosa era! Yo puse el brindis de moda, y no había reunión de hijosdalgo, descendientes de conquistadores o simples oficiales del virreinato, donde no se sucediesen desde entonces los brindis, en medio de la alegría, la borrachera y el desorden. ¡A ver quién aguantaba más, quién decía mejores donaires y quién se negaba a ir hasta el fin! Convirtióse el brindis en centro de todas las reuniones, y al que no aceptaba desafío, le quitábamos la gorra y se la hacíamos cuchilladas en frente de todos. Luego salíamos todos a las calles de México a hacer máscaras, otra costumbre que yo traje de España, en que salíamos a caballo cien hombres enmascarados e íbamos de ventana en ventana hablando con las mujeres y entrando a las casas de los caballeros y mercaderes ricos, a hablar con ellas, hasta que estos buenos hombres se indignaron de nuestro proceder y cerraron puertas y ventanas,

Personne à Mexico ne connaissait cette façon de boire. Je mis la trinquée à la mode et il n'y avait pas de réunion de filsdalgos[1], descendants de conquistadors ou simples notables du vice-royaume, où ne se succédassent les trinquées, dans la beuverie, les rires et le tumulte. C'était à qui tiendrait le mieux la boisson, ferait preuve du plus d'esprit dans la formule, et qui refuserait d'aller jusqu'au bout ! La trinquée devint le centre de toutes les réunions, et celui qui n'acceptait pas le défi, nous lui ôtions sa toque et lardions celle-ci de coups de couteau devant tout le monde. Puis nous nous répandions dans les rues de Mexico pour faire mascarade, autre coutume que j'avais rapportée d'Espagne, qui consistait à sortir à une centaine d'hommes à cheval, masqués, et à aller de fenêtre en fenêtre bavarder avec les femmes, à entrer dans les maisons des gentilshommes et riches marchands pour y entretenir les dames, jusqu'à ce que ces bons messieurs finissent par s'indigner de nos manières et fermassent portes et fenêtres ;

1. *Hijosdalgo* : contraction de *hijo* (fils) et d'*hidalgo* (noble espagnol), mot lui-même forgé sur *hijo de algo*, c'est-à-dire fils de quelque chose — le contraire de fils de rien.

mas no contaron con nuestro ingenio, que fue alcanzar los balcones de las mujeres con cerbatanas largas, con florecillas en las puntas, ni con la audacia de ellas, que desafiando órdenes paternas y maritales, se asomaron entre los visillos a mirarnos a los galanes. Puro regocijo fue en este tiempo mi vida en la capital de la Nueva España, alegrías, donaires, honores, y seducciones mil. ¿Quién no vio en mí a mi padre vuelto a nacer, gozando ahora de los frutos bienhabidos de la Conquista? ¿Quién no me admiró? ¿Quién no me envidió? ¿Quién que fuese bello y elegante en esa capital novedosa, macho o hembra, no se acercó, seductor, a mí? Ya sé lo que vas a decir. Tú. Martín Cortés el segundón, el mestizo, el hijo de las sombras. Sin ti, nada podía yo en esta tierra. Te necesitaba a ti, hijo de La Malinche, para cumplir mi destino en México. ¡Qué desgracia, desgraciado hermano: necesitarte a ti, el menos seductor de los hombres!

mais c'était compter sans notre ingéniosité — nous vînmes sous les balcons des dames avec de longues sarbacanes piquées d'une fleur au bout — et sans l'audace des belles qui, défiant ordres paternels et maritaux, se penchaient entre les courtines pour regarder les galants. Pure réjouissance fut à cette époque ma vie dans la capitale de la Nouvelle-Espagne, plaisirs, gracieusetés, honneurs et mille séductions. Qui ne voyait en moi mon père ressuscité, jouissant enfin des fruits bien acquis de la Conquête ? Qui ne m'admirait? Qui ne m'enviait? Quel être, mâle ou femelle, ayant beauté et élégance dans cette capitale toute jeune ne m'approchait pour me séduire ? Je sais ce que tu vas dire. Toi, Martín Cortés le petit second, le métis, le fils de l'ombre. Sans toi, je n'étais rien dans ce pays, sans aucun pouvoir. J'avais besoin de toi, fils de la Malinche, pour accomplir mon destin au Mexique. Quel malheur, mon malheureux frère : avoir besoin de toi, le moins séduisant des hommes !

Martín 2

Nadie más seductor, sin embargo, que Alonso de Ávila, cuya riqueza de atuendo ni en las cortes de Europa se hallaba, pues al lujo de allá añadía la riqueza natural de un país de oro y plata, y a estos metales mexicanos, el contraste de la más blanca piel que en hombre alguno se viese, acá o allá : sólo las más blancas mujeres eran tan blancas como Alonso de Ávila, que quizás se veía más blanco aún en tierra morena, y lo que dejaba ver eran sus manos, deslumbrantes, que se movían y dirigían y a veces hasta tocaban, con una ligereza de aire que hacía al aire mismo parecer pesado, ay qué ligero el tal Alonso de Ávila, obligado a dar paso por la tierra sólo porque eran ricos y graves sus atuendos de damasco y pieles de tigrillos, sus cadenas de oro y su toquilla leonada con un relicario, todo ello aligerado, ya les cuento, por las plumas de la gorra y el retorcimiento de los bigotes que eran, ellos, las alas de su rostro. Intimaron Martín y Alonso ; juntos organizaron y gozaron los brindis y las mascaradas ;

Personne de plus séduisant, cela dit, qu'Alonso de Ávila, dont la somptuosité d'habillement dépassait celle des cours d'Europe, car au luxe de là-bas il ajoutait la richesse naturelle d'un pays d'or et d'argent, et à l'éclat des métaux mexicains le contraste de la peau la plus blanche qu'on ait jamais vue sur un homme, où que ce soit : seules les femmes les plus blanches étaient aussi blanches qu'Alonso de Ávila, lequel paraissait peut-être encore plus blanc de se trouver en terre sombre ; ses mains surtout se remarquaient, resplendissantes, qui se mouvaient, se dirigeaient et parfois effleuraient avec une légèreté auprès de laquelle l'air même paraissait pesant, ah, comme il était léger cet Alonso de Ávila, obligé de marcher sur le sol simplement à cause de l'opulence et de la gravité de ses habits de damas et ses fourrures d'ocelot, ses chaînes en or et son reliquaire au bout d'un ruban mauve, l'air encore plus aérien grâce aux plumes de la toque et à l'envol des moustaches pareilles à des ailes posées sur le visage. Martín et Alonso se lièrent d'amitié ; ensemble ils organisèrent des trinquées et des mascarades, s'amusant follement ;

entre ellos se admiraron, como hidalgos jóvenes y ricos que se sorprenden a veces (como más de una vez los sorprendí yo, desde las sombras) admirándose entre sí más que a las mujeres que cortejaban; pujando por ganarse a una dama hermosa sólo para imaginarla en brazos del otro; culeando los muy cabrones para imaginarse cada uno en el lugar del otro; así de cerca se unieron Alonso de Ávila y Martín Cortés. Qué de extraño que en este ambientacho de lujo y fiesta, relajo y parranda, espejos y más espejos, perfumes y admiraciones mutuas, Martín y Alonso, Alonso y Martín el hijo y heredero del conquistador, el hijo pródigo de Hernán Cortes, abrazando al sobrino de otro ruidoso capitán de la Conquista, Ávila el encomendero, el pícaro que echó mano (mi mismísima madre lo vio y me lo contó)

ils se vouaient une admiration réciproque, en jeunes et riches hidalgos qui se surprennent parfois (comme je les surpris moi, plus d'une fois, de la pénombre où je me cachais) à s'admirer l'un l'autre plus que les femmes qu'ils courtisaient ; s'efforçant de séduire une belle dame rien que pour l'imaginer dans les bras de l'autre ; jouant du cul les vicieux pour s'imaginer chacun à la place de l'autre ; telle fut l'intimité qui s'établit entre Alonso de Ávila et Martín Cortés. Quoi d'extraordinaire que dans cette folle ambiance de luxe et de fête, de carrousel et de bamboche, effets de miroir sur effets de miroir, parfums et séduction mutuelle, Martín et Alonso, Alonso et Martín, fils et héritier du conquistador, fils prodigue d'Hernán Cortés, tombe dans les bras du neveu d'un autre bruyant capitaine de la Conquête, Ávila des *encomiendas*[1], le larron qui fit main basse (c'est ma mère qui l'a vu de ses yeux et qui me l'a raconté)

1. À la suite de la Conquête, la terre fut divisée en *encomiendas* dont le sens, au début, signifiait « droit de percevoir tribut ». Mais sur ces terres distribuées aux colons espagnols, les Indiens furent très vite soumis au travail obligatoire, voire réduits en esclavage.

de las vestiduras de oro de Moctezuma, e hijo de Gil González, encomendadero y traficante de tierras que a los verdaderos conquistadores despojó de las suyas, coyote y prestanombres que escondió acuciosamente su riqueza sólo para que sus hijos, Alonso y Gil, la luciesen y gastasen, se uniesen en un torbellino de placeres. Mi hermano Martín y este Alonso de Ávila los culminaron con una singular fiesta, que dejo a Martín el gusto de contar.

Martín 1

Por Dios Santísimo que yo no inventé la fiesta y el jolgorio de la colonia mexicana; por su Santísima Madre, que yo llegué a una capital enamorada ya del lujo y la fiesta, donde se corrían toros bravos en Chapultepec y los paseos a caballo se oían cascabelear por los bosques: justas, sortijas, juegos de cañas: el virrey don Luis de Velasco dijo que aunque el Rey le quitase a los criollos sus pueblos y haciendas, el propio Virrey se encargaría de consolarlos con hacer sonar cascabeles en las calles. De modo que al morir el Virrey, hubo gran tristeza, todos se vistieron de luto, chicos y grandes;

sur les habits d'or de Moctezuma, et fils de Gil González, distributeur d'*encomiendas* et trafiquant de terres dont il dépouilla les véritables conquistadors, coyote et prête-nom qui dissimula soigneusement ses richesses afin que seuls ses fils, Alonso et Gil, les contemplent et en usent, se lancent ensemble dans un tourbillon de plaisirs. Mon frère Martín et cet Alonso de Ávila firent culminer leurs frasques en une fête singulière que je laisse à Martín le soin de raconter.

Martín 1

Pardieu, ce n'est pas moi qui ai introduit la bamboche dans la colonie mexicaine ; par la Sainte Mère, moi je suis arrivé dans une capitale déjà éprise de fête et de luxe, où l'on organisait des courses de taureaux à Chapultepec et des promenades à cheval qui résonnaient dans les bois alentour : joutes, parties de furet, jeux de toutes sortes ; le vice-roi don Luis de Velasco disait que si le roi privait les créoles de leurs Indiens et haciendas, il se chargerait lui-même de les consoler en faisant sonner des grelots dans les rues. Si bien qu'à la mort du vice-roi, il y eut grande tristesse, tous revêtirent des habits de deuil, grands et petits ;

y las tropas a punto de partir a Filipinas se armaron para el entierro, con banderas negras e insignias de duelo, las cajas sordas y arrastrando las picas. Una débil, gris, aburrida Audiencia tomó el gobierno mientras era nombrado un nuevo virrey, pero Alonso y yo, herederos reales de la Nueva España, por ser hijos de los conquistadores, respetuosos del virrey muerto y el virrey por venir, aunque no de la mediocre Audiencia, decidimos mantener viva la alegría, el lujo, y los derechos de la descendencia en estas tierras conquistadas por nuestros padres. Murió el Virrey; no era el primero, ni sería el último. Cambiaban los virreyes; permanecíamos los herederos de la Conquista. Murió el Virrey, pero yo tuve mellizos y sentí que éste era motivo de regocijo para dejar atrás el luto del Virrey y mostrarle a la Audiencia quiénes éramos los verdaderos dueños de la Nueva España. Quiere mi hermano que lo cuente : le doy ese gusto. Tomamos por nuestra cuenta la Plaza Mayor; la mitad de sus casas eran nuestras.

et les troupes, qui s'apprêtaient à partir pour les Philippines, s'armèrent pour les funérailles, avec des bannières noires et des insignes de deuil, tambours assourdis et traînant les piques. Une faible, grise et morne Audiencia[1] fut instaurée en attendant la nomination d'un nouveau vice-roi, mais Alonso et moi, héritiers royaux de la Nouvelle-Espagne en notre qualité de fils des conquistadors, respectueux envers le défunt vice-roi comme envers le vice-roi à venir — mais pas envers la médiocre Audiencia —, nous décidâmes de préserver dans tout leur éclat la joie de vivre, le luxe et les droits de la descendance sur ces terres conquises par nos pères. Le vice-roi était mort; ce n'était pas le premier, ce ne serait pas le dernier. Les vice-rois changeaient, les héritiers de la Conquête restaient. Le vice-roi était mort, mais moi il me naquit des jumeaux et j'estimai que c'était là un motif de réjouissance suffisant pour abandonner le deuil et montrer à l'Audiencia qui nous étions, nous les véritables maîtres de la Nouvelle-Espagne. Mon frère veut que je raconte : je vais lui faire ce plaisir. Nous nous emparâmes de la Plaza Mayor; la moitié des maisons nous appartenaient de toute façon.

1. Sorte de tribunal collégial nommé par le roi, formé en l'occurrence de quatre *oídores* (auditeurs) et d'un président, chargé de gouverner la Nouvelle-Espagne et de rendre la justice.

De mi casa a la catedral mandé hacer un pasadizo de madera alzada sobre el suelo, ricamente aderezado para dar paso a la comitiva y llevar a mis hijos hasta la Puerta del Perdón y anunciarle al mundo que ahora había dos nietos de Hernán Cortés, continuadores de nuestra dinastía. Lo anuncié con ruido, no faltaba más. Artillería, torneos a pie sobre el tablado y fiestas a las que todos fueron convidados, españoles e indios. Toro asado, pollos y montería, pipas de tinto para los españoles. Para los indios, un encierro de conejos, liebres y venados, según la tradición, así como muchísimas aves, que al romper la enramada salían corriendo y volando y eran flechados y regalados al menudo pueblo, alborozado y agradecido. Juegos de cañas, fuegos artificiales, piñatas... Ocho días de fiesta, rodeado del pueblo, brindis y mascaradas, y al cabo, la gran cena y sarao que para culminar los festejos dio en su casa mi verdadero hermano Alonso de Ávila.

1. *Piñata* : poterie remplie de friandises que l'on brise à coups de bâton le premier dimanche de Carême. Au Mexique, il s'agit souvent d'une sorte de marionnette ou de figurine creuse qu'on suspend au cours de fêtes d'enfants ou d'anni-

Je fis construire de chez moi à la cathédrale une galerie en bois largement au-dessus du sol, richement ornée, pour y faire passer le cortège qui conduirait mes enfants jusqu'à la Porte du Pardon afin d'annoncer au monde qu'il y avait désormais deux petits-fils d'Hernán Cortés, continuateurs de notre dynastie. Je fis l'annonce à grand bruit, naturellement. Coups de canon, tournois à pied sur l'estrade et festivités auxquelles tous furent conviés, Espagnols et Indiens. Taureau grillé, poulets et gibier, tonneaux de vin pour les Espagnols. Pour les Indiens, lapins, lièvres et cerfs, selon la tradition, ainsi que des oiseaux en grand nombre qui au moment où l'on rompit leur enclos de ramages s'échappèrent en courant et en volant, furent abattus à coups de flèches, puis offerts au menu peuple, ravi et reconnaissant. Jeux de roseaux, feux d'artifice, *piñatas*[1]... Huit jours de fête au milieu du peuple, à trinquer et faire carnaval, et pour finir en apothéose, le grand souper et la réception qu'offrit dans sa demeure mon véritable frère Alonso de Ávila.

versaire, et la coutume veut que les enfants tapent sur la *piñata* jusqu'à ce qu'elle s'ouvre et lâche ses bonbons que les enfants ramassent.

¡Qué linda sorpresa le dimos a todos, a nuestros parientes y allegados, pero también a la rencorosa Audiencia, al contraste envidioso de una mesa de abogadillos y oficiales cagatintas con una opulenta mesa de hijosdalgo que si algo cagamos, es oro nada más! Seguí, con risa infantil, las sugerencias de mi travieso amigo Ávila. Escenificamos ante el asombro y la alabanza de los invitados la entrevista de Hernán Cortés mi padre y del emperador Moctezuma, cuando mi padre fue el primer — el primerísimo, ¿me oyen ustedes? — hombre blanco en ver la grandeza de la Gran Tenochtitlán. Yo hice el papel de mi padre, naturalmente. Alonso de Ávila se disfrazó de Moctezuma, echándome al cuello un sartal de flores y joyas, diciéndome en voz alta, no sólo te venero y te respeto, te obedezco y soy tu vasallo (y al oído, cercano, te quiero como a un hermano). Todos aplaudieron la farsa con regocijo, pero yo sentí cómo la alegría se serenaba con otro tipo de alborozo cuando Alonso de Ávila, sorpresivamente, me ciñó una corona de laurel y, sonriente, esperó la exclamación de los invitados: "¡Oh, qué bien le está la corona a vuestra señoría!»

Quelle jolie surprise nous leur fîmes à tous, parents et alliés, mais aussi à la rancunière Audiencia par le contraste jaloux entre une table d'avocaillons et de pisse-copie et l'opulence d'une table de filsdalgos, lesquels s'ils pissent quelque chose, ce ne peut être que de l'or ! Je suivis, avec un rire infantile, toutes les propositions de mon facétieux ami Ávila. Au grand étonnement et sous les acclamations des invités, nous représentâmes la rencontre entre Hernán Cortés et l'empereur Moctezuma, c'est-à-dire le moment où mon père fut le premier — le tout premier, vous m'entendez ? — homme blanc à contempler la splendeur de la Grande Tenochtitlán. Moi, je jouais le rôle de mon père, naturellement. Alonso de Ávila était déguisé en Moctezuma et il me passa autour du cou un collier de fleurs et de joyaux en me disant d'une voix sonore : non seulement je te respecte et te vénère, je t'obéis et suis ton vassal (ajoutant, de près, à voix basse : je t'aime comme un frère). Tous applaudirent la farce de bon cœur, mais je sentis l'allégresse se tempérer d'un autre genre d'agitation lorsque Alonso de Ávila, de manière inattendue, me ceignit le front d'une couronne de laurier et attendit, souriant, les exclamations des invités : « Ah, comme la couronne sied bien à votre seigneurie ! »

Martín 2

No fui invitado a estos festejos. Pero los miré de lejos. Qué va : de cerca, de cerquísima les estuve echando vidrio. Entre la gente, en las barbacoas, las pulquerías, junto a los que fabricaban equipales y amasaban tortillas y cargaban ollas de aguas frescas; junto a los canales y las pocilgas y los merenderos, oyendo el nuevo lenguaje secreto que se fraguaba entre el náhuatl y el español, las mentadas de madre secretas, los secretos suspiros de éste que ayer nomás era sacerdote y ahora viejo mendigo cacarañado, de éste que era tan hijo del príncipe azteco como yo y mi hermano de conquistador español, pero ahora él cargaba sacos de leña de casa en casa, y mi hermano bautizaba a sus gemelos en la catedral, pero el hijo y los nietos de Cuauhtémoc entraban de rodillas a la misma catedral, con las cabezas gachas y los escapularios como cadenas arrastradas por la mano invisible de los tres dioses del critianismo,

Martín 2

Je ne fus pas convié à ces festivités. Mais j'y assistai de loin. Que dis-je, de près, de très près : à la loupe que je les reluquai. Me promenant parmi les gens, dans les huttes, les débits de pulque, entre ceux qui fabriquaient des sièges en osier, qui entassaient les tortillas[1] et chargeaient des bassines d'eau fraîche ; le long des canaux, des porcheries et des buvettes, écoutant la nouvelle langue secrète qui se forgeait entre le nahuatl et l'espagnol, les secrets jurons à la mère, les secrets soupirs de celui qui hier encore était prêtre, aujourd'hui vieux mendiant vérolé, de celui qui était autant fils de prince aztèque que moi et mon frère fils de conquistador espagnol, mais à présent lui transportait des sacs de bois de maison en maison tandis que mon frère faisait baptiser ses jumeaux dans la cathédrale, alors que le fils et les petits-fils de Cuauhtémoc entraient à genoux dans cette même cathédrale, la tête basse et les scapulaires comme des chaînes traînées par la main invisible des trois dieux du christianisme,

1. Le mot *tortilla* qui, en Espagne, veut dire « omelette », désigne, au Mexique, la galette de farine de maïs qui servait de base à l'alimentation des Indiens. Elle est universellement utilisée au Mexique, notamment roulée comme une crêpe et farcie de multiples façons.

padre, hijo y espíritu santo, jefe, chamaco, súcubo, ¿con cuál de ellos te quedas, mexicanito nuevo, indio y castellano como yo, con el papacito, el escuincle o el espanto? Los vi allí en las fiestas con que mi hermano celebraba su progenie, los vi inventándose un color, una lengua, un dios, tres en vez de mil, ¿cuál lengua?, ¿escuincle o chaval, chaval o chavo, guajolote o pavo, Cuauhnáhuac o Cuernavaca donde nació mi hermano, maguey o agave, frijol o judía, ejote o habichuela?, ¿cuál Dios, espejo de humo o espíritu santo, serpiente emplumada o Cristo crucificado, dios que exige mi muerte o dios que me da la suya, padre sacrificador o padre sacrificado, pedernal o cruz?, ¿cuál madre de Dios, Tonantzín o Guadalupe?, ¿cuál lengua, si española : Guadalupe misma, Guadalquivir, Guadarrama, alberca, azotea, acequia, alcoba, almohada, alcázar, alcachofa, limón, naranja, ojalá?, ¿cuál lengua, si náhuatl : seri, pima, totonaca, zapoteca, maya, huichol?

1. Fuentes donne chaque mot en espagnol d'Espagne et sa variante mexicaine.
2. Le dieu Tezcatlipoca (voir préface).
3. Fuentes cite là, à dessein, des mots espagnols issus de

le père, le fils et le saint-esprit, le paternel, le gamin, le succube, lequel des trois choisis-tu, nouveau petit Mexicain, à la fois indien et castillan, comme moi, le papa, le gosse ou le fantôme ? Je les voyais là à cette fête par laquelle mon frère célébrait sa progéniture, je les voyais s'inventer une couleur, une langue, un dieu, trois à la place de mille, quelle langue, quel mot pour dire gamin : *escuincle* ou *chaval*[1] ? pour dire dindon : *guajolote* ou *pavo*? Cuauhnáhuac ou Cuernavaca où est né mon frère? *maguey* ou *agave*? le haricot, *frijol* ou *judía*? le haricot vert, *ejote* ou *habichuela*? quel dieu, miroir fumant[2] ou esprit saint? serpent à plumes ou Christ crucifié? un dieu qui exige ma mort ou un dieu qui me fait don de la sienne ? père sacrificateur ou père sacrifié ? silex ou croix? quelle mère de dieu, Tonantzin ou Guadalupe ? quelle langue ? l'espagnole : Guadalupe encore, Guadalquivir, Guadarrama, *alberca, azotea, acequia, alcoba, almohada, alcázar, alcachofa, limón, naranja, ojalá*[3] ? quelle langue ? le nahuatl : *seri, pima, totonaca, zapoteca, maya, huichol*?

l'arabe : bassin, terrasse, canal d'irrigation, chambre, oreiller, château, artichaut, citron, orange, et l'expression *ojalá* qui signifie plaise à Dieu ! où l'on reconnaît l'arabe *wa-sa Allah*.

Me paseo de noche, entre los fuegos de las hachas encendidas para celebrar a los descendientes criollos de mi putañero e insaciable padre, preguntándome por mi propia sangre, mi propia ascendencia, y mi descendencia también, ¿cuál será? Miro la piel oscura, los ojos vidriosos, las cabezas gachas, los hombros cargados, las manos callosas, los pies astillados, los vientres preñados, las tetas vencidas, de mis hermanos y hermanas indios y mestizos, y los imagino, ¡hace apenas cuarenta años!, ocupando sus lugares, acaparando las fortunas, desplegando el capricho, ordenando el sacrificio, ordeñando el tributo, recibiendo el oro solar en sus cabezas y disparándolo desde la punta de sus miradas altivas, venciendo al mismo sol, al oro mismo! Lo mismo que ahora hacen Martín mi hermano, y su camarada Ávila, y los pinches mellizos que hoy son bautizados en nombre del Dios que llegó a vencer a mi madre con un solo escandaloso anuncio : Ya no mueras por mí, mira que yo he muerto por ti. Cabrón Jesús, rey de putos, tú conquistaste al pueblo de mi madre con el goce perverso de tus clavos fálicos, tu semen avinagrado, las lanzas que te penetran y los humores que destilas. ¿Cómo reconquistarte a ti?

Je me promène dans la nuit, entre les flammes des flambeaux allumés pour célébrer les descendants créoles de mon insatiable et putassier de père, m'interrogeant sur mon propre sang, mon ascendance et aussi ma descendance — que sera-t-elle ? Je regarde la peau sombre, les yeux vitreux, les têtes baissées, les épaules chargées, les mains calleuses, les pieds fendillés, les ventres engrossés, les seins affaissés, de mes frères et sœurs indiens et métis, et je les imagine à la place qui était la leur — il y a quarante ans à peine ! —, accaparant les richesses, imposant leur caprice, ordonnant des sacrifices, collectant les tributs, recevant les rayons d'or solaire et les réverbérant de la pointe de leur regard altier, maîtres du soleil lui-même, de l'or même ! C'est-à-dire faisant exactement la même chose que ce que font en ce moment mon frère Martín et son compagnon Ávila, et ces fichus jumeaux qu'on baptise aujourd'hui au nom du dieu qui réussit à vaincre ma mère grâce à cette seule annonce, scandaleuse : ne meurs plus pour moi, c'est moi qui suis mort pour toi. Salaud de Jésus, roi de putes, c'est toi qui as conquis le peuple de ma mère par la jouissance perverse de tes clous phalliques, ton sperme vinaigré, les lances qui te pénètrent et les humeurs que tu exhales. Comment te reconquérir, toi ?

¿Cómo llamaré a nuestro tiempo próximo : reconquista, contraconquista, anticonquista, retroconquista, cuauhtemoconquista, preconquista, cacaconquista? ¿Qué haré con ella, con quién la haré, en nombre de quién, para quién? ¿Mi madre Malinche, sin la cual mi padre no habría conquistado nada? ¿O mi padre mismo, despojado de su conquista, humillado, arrastrado a tribunales, agotado en juicios banales y papeleos perversos, acusado mil veces, y castigado sólo por un juicio eternamente aplazado? Espada de Damocles, pedernal de Cuauhtémoc, estilete de los Austrias, todo cuelga sobre nuestras cabezas y mi hermano Martín lo sabe, se divierte, comparte la arrogancia de Alonso de Ávila, no se da cuenta de cómo lo mira la Audiencia. Como dueño de la ciudad. No se da cuenta de que nada puede contra él la Audiencia : junta de hombres mediocres, cobardes, sumidos en la colegialidad irresuelta, carentes de autoridad, ven que la conjura se urde, el peligro se acerca, pero temen a Martín, mi hermano, le temen... y él no lo sabe. Tampoco sabe que le devolvieron los bienes de nuestro padre para tenerlo tranquilo y evitarle tentaciones de poder político.

Comment nommer notre prochain temps : reconquête, contreconquête, anticonquête, rétroconquête, cuauhtémoconquête, préconquête, cacaconquête ? Qu'en ferai-je, avec qui, au nom de qui, pour qui ? Ma mère la Malinche sans laquelle mon père n'aurait rien conquis ? Ou mon père lui-même, dépouillé de sa conquête, humilié, traîné devant les tribunaux, épuisé par des procès mesquins et des paperasseries perverses, mille fois accusé, châtié seulement par un jugement éternellement ajourné ? Épée de Damoclès, silex de Cuauhtémoc, stylet des Autrichiens, tout est en suspens au-dessus de nos têtes et mon frère Martín le sait parfaitement, il s'amuse, il partage l'arrogance d'Alonso de Ávila, il ne se rend même pas compte de la façon dont le regarde l'Audiencia. Comme le maître de la ville. Il ne se rend pas compte que l'Audiencia ne peut rien contre lui : ramassis d'hommes médiocres, couards, soumis à une collégialité indécise, manquant d'autorité, ils voient que la conjuration s'ourdit, que le péril approche, mais ils ont peur de Martín, mon frère, ils ont peur… mais lui ne le sait pas. Il ne sait pas non plus qu'ils lui ont rendu les biens de notre père pour qu'il se tienne tranquille, qu'il ne soit pas tenté par des velléités de pouvoir politique.

Se lo digo y casi me ahorca, me trata de envidioso, hijo de puta, su dinero él lo tiene sin condiciones, como hombre libre. Esto me gritó y yo digo con mi voz siempre opaca, siempre obsequiosa, melancólicamente aflautada, entonces demuéstralo, haz lo que ellos más temen...

Los dos Martines

¿Qué viene a decirme mi hermano? ¿Que no hay autoridad mayor en la Nueva España que yo mismo? ¿Que sólo quiero disfrutar de mi riqueza y mostrarla a los demás como lo hago, en brindis y mascaradas, saraos y bautizos, procesiones y cortesías? ¿Viene a recordarme que soy el primogénito por herencia, el heredero del mayorazgo de un padre humillado que depende de mí para que yo haga lo que él quiso ser pero no pudo? ¿Yo, más que mi padre? ¿Yo, superior a Hernán Cortés el conquistador de México? ¿Yo, capaz de hacer lo que mi padre no hizo? ¿Alzarse? ¿Alzarme con la tierra? ¿Rebelarme? ¿Rebelarme contra el rey?

Je le lui dis mais je manque me faire étrangler, il me traite d'envieux, de fils de pute, son argent il l'obtient sans conditions, en homme libre. Voilà ce qu'il me hurle à la figure et moi je lui rétorque de ma voix toujours étouffée, toujours obséquieuse, mélancoliquement haut perchée : alors démontre-le, fais ce qu'ils redoutent le plus...

Les deux Martín

Que vient me dire mon frère ? Qu'il n'est de plus haute autorité en Nouvelle-Espagne que la mienne ? Que ne je pense qu'à profiter de ma fortune et à l'étaler aux yeux des autres en beuveries et mascarades, bals et baptêmes, processions et mondanités ? Il vient me rappeler que je suis l'aîné par droit de succession, héritier des biens d'un père humilié qui dépend de moi pour faire en sorte d'être ce qu'il aurait voulu être mais en fut empêché ? Moi, être plus que mon père ? Moi, supérieur à Hernán Cortés le conquérant du Mexique ? Moi, je serais capable de faire ce que mon père n'a pas fait ? M'insurger ? M'emparer du pays ? Me rebeller ? Me rebeller contre le roi ?

Dice mi hermano Martín que él ha ido a la tumba de su madre la india, una sepultura inundada por el rumbo de Iztapalapa, húmeda pero rodeada de flores inquietas y parcelas flotantes. Ha ido a esa tumba y le ha dicho a su madre La Malinche que gracias a ella mi padre conquistó esta tierra. A mí viene a preguntarme si soy menos que su madre india. Me ofende. Me azuza. Me cisca, como dice él. Empieza a hablar una lengua que no reconozco. Pero la emplea bien, con malicia y tentación. Porque si él le habla a su madre, yo no le puedo hablar a la mía. Doña Juana de Zúñiga, amurallada en su palacio de Cuernavaca, rodeada de barrancas, alguaciles y perros de presa, me niega acceso a mi herencia — bueno, a una parte de ella. En cambio, mi hermano habla directamente con su madre y me dice que a ella le dice esto : Madrecita Malinche, qué más quisiera yo que ser el rey de esta tierra. Mas mírame, prieto y agachado, ¿qué carajos quieres que sea ? En cambio mi hermano es bello como un sol, marqués todopoderoso, mimado por la fortuna y empero no se atreve, no se atreve. Le da miedo levantarse con la tierra. La tierra.

Mon frère Martín me dit qu'il est allé sur la tombe de sa mère l'Indienne, une sépulture inondée du côté d'Iztapalapa, humide mais entourée de fleurs tourmentées et de fragments flottants. Il est allé sur cette tombe et il a dit à sa mère la Malinche que c'est grâce à elle que mon père a conquis ce pays. Et à moi il vient demander si je suis moins que sa mère indienne. Il m'insulte. Il me provoque. Il m'emmerde, comme il dit. Et puis il commence à parler une langue que je ne reconnais pas. Mais il s'en sert bien, avec ruse et malice. Car si lui parle à sa mère, moi je ne peux pas parler à la mienne. Doña Juana de Zúñiga, murée dans son palais de Cuernavaca, entourée de douves, de gardes et de chiens, me refuse l'accès à mon héritage — enfin, à une partie de celui-ci. Alors que mon frère s'adresse directement à sa mère pour lui dire, me raconte-t-il : *Madrecita* Malinche, je ne demanderais pas mieux que d'être le roi de ce pays. Mais regarde-moi, avec ma peau sombre et mon air rentré, qui diable veux-tu que je sois ? Mon frère, lui, en revanche, est beau comme un soleil, c'est un marquis tout-puissant, choyé par la fortune, et pourtant il n'ose pas, il n'ose pas. Ça lui fait peur de s'emparer du pays. Le pays.

Ayer lo llevé (me llevó mi hermano el mestizo) a lo alto de Chapultepec y allí le enseñé (me enseñó) la belleza de este Valle de México. Era de mañana y la frescura anunciaba el día caliente. Sabíamos él y yo que el amanecer olería a rosas perladas de rocío y a fruta parida, abierta para derramar los jugos inéditos de la papaya, la chirimoya y la guanábana. La hermosura de este valle es que vuelve tangible un espejismo. Las distancias se mudan gracias al engaño de las montañas y el llano. Lo distante parece próximo, y muy lejano lo que tenemos a la mano. Las lagunas se secan y se evaporan, pero aún son espejos de los árboles nuevos nacidos junto a ellas, laureles de Indias, pirules y sauces. Los magueyes reclaman su ancestral ejercicio sobre el polvo.

Hier je l'ai emmené (mon frère métis m'a emmené) sur les hauteurs de Chapultepec et là je lui ai montré (il m'a montré) la beauté de cette Vallée de Mexico. C'était tôt le matin et la fraîcheur annonçait la chaleur du jour. Nous savions l'un et l'autre que l'aube embaumerait la rose perlée de rosée et le fruit mûr, s'ouvrant pour laisser couler le jus si nouveau de la papaye, de l'anone et du corossol. La magie de cette vallée c'est qu'elle rend tangible un mirage. Les distances se transforment du fait de l'illusion créée par les montagnes et le plateau. Le lointain semble proche, et très lointain ce qui est à portée de main. Les lagunes s'assèchent et s'évaporent, mais elles sont encore le miroir des arbres nouvellement surgis sur leurs rives, lauriers des Indes, *pirules*[1] et saules. Les agaves exigent leur ancestral exercice dans la poussière.

1. *Pirul* : arbre qui ressemble au saule.

Y las montañas azulencas, los volcanes coronados de torbellinos blancos, las lomas pobladas de macizos bosques, la liquidez del aire, el aliento del sol como un fogón, el puntual chubasco vespertino, todo esto que contemplamos los dos hermanos una mañana y luego una tarde, me dice a mí, que lo que cuenta es el poder sobre esta tierra, no sobre las cosas, no sobre todo este inventario que le quitó el sueño a mi padre y ahora amenaza, hermano, con embargarte a ti : las casas, los muebles, las joyas, los vasallos, los poblados ; ten cuidado ; viste el remate sevillano de la casa de nuestro padre y temiste que la Conquista de México se resolviese en un baratillo de cacerolas y colchones viejos. Ten cuidado. Toma la tierra, olvídate de las cosas. Haz lo que tu padre no hizo. Mira la tierra y recuerda. No fue Hernán Cortés el único en verla por primera vez. Con él pasaron muchos hombres, soldados y capitanes, algunos criminales, otros hijosdalgo, la mayor parte gente honrada de los burgos de Extremadura y Castilla. No estás solo. Nuestro padre nunca estuvo solo. Triunfó porque puso la oreja junto a la tierra y escuchó lo que la tierra decía. No seas tú como Moctezuma, que se quedó esperando la voz de los dioses y los dioses no le hablaron nunca porque ya habían puesto pies en polvorosa.

Et les montagnes bleutées, les volcans couronnés de tourbillons blancs, les pentes couvertes d'épaisses forêts, la limpidité de l'air, l'haleine du soleil comme un souffle de feu, l'averse vespérale, ponctuelle, tout ce paysage que nous contemplons mon frère et moi un matin, puis un soir, me dit que ce qui compte c'est le pouvoir sur la terre, non sur les choses, non sur tout cet inventaire qui a ôté le sommeil à mon père et qui menace aujourd'hui de t'engloutir à ton tour, mon frère : maisons, meubles, bijoux, vassaux, villages ; prends garde : tu as assisté à la vente aux enchères de la maison de notre père à Séville et tu as craint que la conquête du Mexique ne finisse en braderie de casseroles et de vieux matelas. Prends garde. Saisis-toi de la terre, laisse tomber les choses. Fais ce que ton père n'a pas fait. Regarde la terre et souviens-toi. Hernán Cortés ne fut pas le seul à la voir pour la première fois. Avec lui vinrent de nombreux hommes, soldats et capitaines, certains criminels, d'autres filsdalgos, la plupart gens honorables des bourgs d'Estrémadure et de Castille. Tu n'es pas seul. Notre père n'a jamais été seul. Il a gagné parce qu'il a posé son oreille contre la terre et écouté ce que la terre disait. Ne sois pas comme Moctezuma qui est demeuré à attendre la voix des dieux, mais les dieux sont restés muets parce qu'ils avaient déjà mordu la poussière.

Sé como nuestro padre. Oye lo que dice la tierra.

De nada valían estas razones ante el embrujo físico de este Valle de México, pues en él cabían, a un tiempo, todos los climas : verano y primavera, otoño e invierno aliados en el instante, como si la eternidad se diese cita en el aire transparente. Nos sobrecogía el asombro de esta pureza. Y temblábamos unidos oyendo el rumor de la ciudad por venir, la matraca incesante, el gruñido de un millón de tigres, el aullido plañidero de los lobos hambrientos, el terror de las serpientes que al cambiar de piel revelaban un esqueleto de metal. Se llena el valle de luces multicolores, blancas como la plata líquida de una espada apuntada contra el entrecejo del mundo, rojas como un aliento salido del Averno, pero vencidas todas ellas por una bruma maloliente, una nata de gas, como si el valle fuese un vientre flatulento, abierto sin piedad por un cuchillo para practicar una autopsia prematura.

Sois comme notre père. Écoute ce que dit la terre.

Mais ces arguments n'avaient aucun poids devant l'ensorcellement physique que suscitait cette Vallée de Mexico, dans laquelle se fondaient toutes les saisons en même temps : été et printemps, automne et hiver confondus en un seul instant, comme si l'éternité s'était donné rendez-vous dans cette atmosphère transparente. Tant de pureté nous laissait pantois d'admiration. Et nous tremblions de concert en percevant le vacarme de la ville à venir, l'incessant bruit de crécelle, le grondement d'un million de tigres, le hurlement plaintif des loups affamés, l'épouvante des serpents qui en changeant de peau révèlent un squelette de métal. La vallée s'emplit de lumières multicolores, blanches comme les reflets d'argent d'une épée pointée entre les sourcils du monde, rouges comme un souffle sorti de l'Averne, toutes cependant effacées par une brume malodorante, une couche de gaz, comme si la vallée était un ventre flatulent, délibérément ouvert par un scalpel pour y pratiquer une autopsie prématurée.

Metemos las manos, los dos Martines, en ese vientre abierto, nos embarramos de sangre hasta los codos, removemos las tripas y las vísceras de la ciudad de México y no sabemos separar las joyas del lodo, las esmeraldas de los cálculos renales, o los rubíes de los cancros intestinales.

Entonces surge del fondo de la laguna, inesperadamente, un coro de voces que al principio no acertamos, los dos hermanos, a distinguir... Una canta en náhuatl, otra en castellano, pero acaban por fundirse : una canta el despliegue de los mantos de quetzal como flores, otra el vaivén de los álamos sevillanos en el aire ; una ruega que no se mueran las flores, que duren entre sus manos ; otra, que no se muera la garza herida, enamorada... Se funden las voces para cantar juntas al paso fugaz de la vida ; se preguntan si en vano hemos venido, pasamos por la tierra : tocamos las flores, tocamos los frutos, pero un alto y desconsolado grito recuerda, añadiendo otra voz al conjunto : dentro en el vergel moriré ;

Nous plongeons les mains, les deux Martín, dans ce ventre ouvert, nous nous barbouillons de sang jusqu'aux coudes, nous remuons les tripes et les viscères de la ville de Mexico et nous ne savons pas séparer les joyaux de la boue, les émeraudes des calculs rénaux, les rubis des chancres intestinaux.

Alors surgit du fond de la lagune, d'une manière inattendue, un chœur de voix que nous avons du mal, au début, à discerner... L'une chante en nahuatl, l'autre en castillan, mais elles finissent par se confondre : l'une chante le déploiement des manteaux de quetzal s'ouvrant comme des fleurs, l'autre le balancement des peupliers dans le ciel sévillan ; l'une prie pour que les fleurs ne meurent pas entre ses mains ; l'autre pour que ne meure pas le héron blessé, amoureux... Et les deux voix se fondent pour chanter ensemble la courte durée de la vie ; elles se demandent si c'est en vain que nous sommes venus sur terre, car nous ne faisons qu'y passer : nous touchons les fleurs, nous touchons les fruits, mais un cri aigu de détresse nous rappelle, ajoutant une voix au duo : à l'intérieur du verger, je mourrai ;

dentro en el rosal, matar' ham, palabras que se funden con el responso de la tierra india, nadie, nadie, nadie, de verdad vive en la tierra : sólo hemos venido a soñar, y fluyen las palabras lejos del valle, a un mar lejano a donde van a parar los ríos silenciosos de la vida ; tendremos, dice la voz náhuatl, que ir al lugar del misterio... Y entonces, como portado por un viento que disipa los humos pestilentes y apaga las luces crueles y silencia los rumores estridentes, el canto termina sin terminar,

No acabarán mis flores,
no acabarán mis cantos.
Yo los elevo,
soy tan sólo un cantor...

Martín 1

Quiere que me olvide de mi existencia, de honores y placeres. No se da cuenta de que eso a mí me basta. No pretendo gobernar esta tierra. Que la gobiernen otros y mientras más mediocres sean, más me envidiarán, ¿qué tiene de malo ? Cree que no sé leer sus razones. Cualquiera que vive aquí las comprende. Quiere vengar a su madre.

à l'intérieur de la roseraie, *matar'ham*, paroles qui se confondent avec la réponse de la terre indienne, personne, personne, personne, en vérité ne vit sur terre : nous ne sommes là que pour rêver, et les paroles s'envolent loin de la vallée, vers un océan lointain dans lequel se jettent les fleuves silencieux de la vie; nous devrons aller, dit la voix nahuatl, vers le lieu du mystère… Et alors, comme porté par un vent qui dissipe les vapeurs pestilentielles, éteint les lumières cruelles et fait taire les bruits stridents, le chant s'achève sans s'achever :

Mes fleurs ne finiront jamais,
mes chants ne finiront jamais.
Je me contente de les lancer,
car je ne suis qu'un chanteur…

Martín 2

Il veut que je me détache de mon existence, des honneurs et des plaisirs. Il ne se rend pas compte qu'à moi cela me suffit. Je ne prétends pas gouverner ce pays. Que d'autres le gouvernent, et plus ils seront médiocres, plus ils m'envieront, quoi de mal à cela? Il croit que je ne comprends pas ses arguments. Quiconque vit ici les comprend. Il veut venger sa mère.

Me seduce convenciéndome que yo debo vengar a mi padre. No nos unen las venganzas, pues. Va más allá. Me recuerda que nuestro padre acabó por amar a México más que a España, consideró que México era su tierra y aquí quiso regresar a morir. España, el tiempo, los papeles, la perversidad oficial, le negaron esta voluntad. Quizás, alega mi hermano, la razón es que se temía la presencia de nuestro padre en México. El largo proceso legal en realidad fue un exilio. Hernán Cortés quiso salvar los templos indios; los franciscanos se lo impidieron. Quiso acabar con la encomienda y el vasallaje de indios; los encomenderos se lo impidieron. El Rey vio en el humanismo de nuestro padre lo que más temía: el gobierno irrestricto de los conquistadores. Su capricho. Su insolencia. Por el bien de todos, el Rey debía imponerse a los conquistadores, no fueran a pensar que sus hazañas les daban derecho de gobernar.

¿No se había levantado en armas Gonzalo Pizarro contra el Rey en Perú? ¿No se había adentrado en el Amazonas el traidor Lope de Aguirre para fundar un nuevo reino en contra del Rey de España?

Il essaie de me convaincre que je dois venger mon père. Mais ce n'est pas la vengeance qui nous unit. Cela va au-delà. Je me souviens que notre père avait fini par aimer le Mexique plus que l'Espagne, qu'il considérait le Mexique comme son pays et que c'est là qu'il avait voulu revenir pour y mourir. L'Espagne, le temps, les paperasses, la perversité administrative l'en empêchèrent. Peut-être, comme le dit mon frère, craignait-on en fait la présence de notre père au Mexique. Ce procès qu'on faisait traîner en longueur était en réalité une façon de le maintenir en exil. Hernán Cortés avait voulu sauver les temples indiens ; les franciscains l'en empêchèrent. Il voulut mettre fin au système des *encomiendas* et du vasselage des Indiens ; les *encomenderos* l'en empêchèrent. Le roi vit dans l'humanisme de notre père ce qu'il redoutait le plus : le pouvoir sans bornes des conquistadors. Leur caprice. Leur insolence. Pour le bien de tous, le roi devait imposer son pouvoir aux conquistadors, que ceux-ci n'aillent pas croire que leurs exploits leur donnaient le droit de gouverner.

Gonzalo Pizarro n'avait-il pas pris les armes contre le roi au Pérou ? Le traître Lope de Aguirre n'avait-il pas pénétré en Amazonie pour y fonder un nouveau royaume opposé au roi d'Espagne ?

Mejor arrinconar a los conquistadores, cercarlos, despojarlos, dejarlos que se mueran ahogados en tinta y papeles o a cuchilladas entre sí; muera de hambre y mal gálico Pedro de Mendoza a orillas del Río de la Plata; muera Francisco Pizarro asesinado por los partidarios de Diego de Almagro su rival; muera Pedro de Alvarado aplastado por un caballo y muera de rabia y desesperación nuestro padre Hernán Cortés. ¿A estos nombres quiere mi hermano el hijo de la india añadir el mío? Joder, que mi resentimiento no es el suyo y mi secreto él no lo comparte. Sé que mi padre quiso liberar la tierra y los vasallos. Violé el testamento de mi padre. Que su gloria y su designio humanista lo canten otros, como el Padre Motolinia: — "¿Quién así amó y defendió los indios en este mundo nuevo como Cortés?" — Yo finco mi orgullo en mi modestia. No cumplí la voluntad testamentaria de mi padre, que fue darle libertad a esta tierra. ¿Con qué cara voy a reclamar esa misma libertad ahora? Sobre todo si me cuesta mis brindis, mis mascaradas, mis bautizos, mis envidias y mi fortuna.

Mieux valait écarter les conquistadors, les traquer, les déposséder, les laisser mourir noyés sous les flots d'encre et de papier ou s'entretuant à coups de poignard ; que meure de faim et du mal français Pedro de Mendoza au bord du Rio de la Plata ; que périsse Francisco Pizarro assassiné par les partisans de Diego de Almagro, son rival ; que périsse Pedro de Alvarado écrasé par un cheval et que périsse de rage et de désespoir notre père, Hernán Cortés. À tous ces noms mon frère le fils de l'Indienne veut-il ajouter le mien ? Foutre, mon ressentiment n'est pas le même que le sien et mon secret je ne le partage pas avec lui. Je sais que mon père voulait libérer le pays et les Indiens asservis. J'ai violé le testament de mon père. Que sa gloire et son projet humaniste soient chantés par d'autres, tel le Père Motolinia : « Qui, dans ce nouveau monde, a aimé et défendu les Indiens autant que Cortés ? » Moi, je place mon orgueil dans ma modestie. Je n'ai pas respecté la volonté testamentaire de mon père qui était de donner la liberté à ce pays. Comment irais-je réclamer cette liberté maintenant, de quoi aurais-je l'air ? Surtout s'il m'en coûte mes trinquées, mes bals masqués, mes baptêmes, mes jalousies et ma fortune.

Martín 2

Pobre hermano mío. Cegado. Iluso. Soberbio. Tiene un inmenso poder sobre esta tierra, pero no sabe emplearlo. Espejo de las hazañas de nuestro padre. Espejo presentable. En cambio, yo... Él : Renta anual de cincuenta mil pesos. Educado, refinado. Lo veo. Me veo. Soy su espejo deforme. No hay señor más poderoso que él en la Colonia. Todos los honores y haberes debidos a mi padre, negados a mi padre, se los dieron a él. Ya no representaba, como mi padre, peligro político. Tierras de labor, solares, tributos, diezmos, primicias : todo se le dio para decirle : Tente tranquilo. Te damos todos los honores, todas las riquezas. Pero te negamos el poder, igual que a tu padre. Yo le digo : Toma el poder también. — Él no quiere : se conforma y éste es su carácter. Pero la idea de la rebelión para ganar la independencia de México no es una idea que nazca ni de mi rencor (como él lo ve) ni de su vanidad (como yo lo veo). Estas cosas suceden a pesar de nosotros. A espaldas de nosotros. Tienen su propia fuerza, su ley propia. México ya no es Tenochtitlán. Pero tampoco es España.

Martín 2

Mon pauvre frère. Aveugle. Dupe. Orgueilleux. Il détient un immense pouvoir dans ce pays, mais il ne sait pas s'en servir. Miroir des exploits de notre père. Miroir présentable. Moi, en revanche... Lui : rente annuelle de cinquante mille pesos. Instruit, raffiné. Je le vois. Je me vois. Je suis son miroir déformé. Il n'est aucun gentilhomme plus puissant que lui dans la colonie. Tous les honneurs et les avoirs dus à mon père, refusés à mon père, c'est à lui qu'on les a donnés. Il ne représentait plus, contrairement à mon père, un danger politique. Terres cultivables, demeures, tributs, dîmes, prémices : on lui offrit tout pour lui signifier : tiens-toi tranquille. Nous te rendons tous les honneurs, toutes les richesses. Mais nous te dénions le pouvoir, comme à ton père. Moi je lui dis : prends le pouvoir aussi. Mais il refuse : il obéit, tel est son caractère. Cependant, l'idée de rébellion pour gagner l'indépendance du Mexique n'est pas une idée née de ma rancœur (comme il l'entend), ni de sa vanité (comme je l'entends). Ces choses arrivent malgré nous. Dans notre dos. Elles sont dotées de leur propre force, de leur propre loi. Le Mexique n'est plus Tenochtitlán. Il n'est plus l'Espagne non plus.

México es un país nuevo, un país distinto, que no puede ser gobernado desde lejos y a trasmano, como quien no quiere la cosa. Somos los entenados de la Corona. Mi padre lo supo, pero él aún no tenía patria mexicana, aunque la quería. La quiso; la quiero. Nosotros sus hijos no sólo tenemos un nuevo país. *Somos* el nuevo país. Oigo sus voces y a mi hermano le digo, no hagas ruido, tente sosegado, habla quedito, jode con disimulo, — México es un país herido de nacimiento, amamantado por la leche del rencor, criado con el arrullo de la sombra. Háblale con cariño, mímalo, dale por su lado y hazlo tuyo en secreto. No enteres a nadie de tu amor por México. La luz pública ofende a los hijos de la sombra. Ándate muriendo con discreción, hazte de allegados, promételes todo a todos, luego distribuye tantito nada más (pues nadie aquí espera nunca nada y se contentan con lo poquito que les parece mucho). Aprovecha la oportunidad política.

Murió el Virrey. Quedaron tres oídores en espera del nuevo Virrey. Siguieron tramitando los asuntos del día, casi por inercia.

Le Mexique est un pays nouveau, un pays différent, qui ne peut plus être gouverné de loin, du bout des lèvres, comme si on n'en voulait pas. Nous sommes les enfants par alliance de la Couronne. Mon père le savait, mais il n'avait pas encore de patrie mexicaine, même s'il la désirait. Il l'a voulue ; je la veux. Nous autres ses fils, non seulement nous avons un nouveau pays, nous *sommes* le nouveau pays. J'entends les voix qui le composent et je dis à mon frère : ne fais pas de bruit, tiens-toi tranquille, parle à voix basse, baise en secret ; le Mexique est un pays blessé de naissance, nourri au lait de la rancune, élevé au bercement de l'ombre. Parle-lui gentiment, soigne-le, donne-lui ce qu'il veut et fais-le tien en secret. Ne révèle à personne ton amour pour le Mexique. La lumière crue offense les fils de l'ombre. Feins de mourir dans la discrétion, recrute des partisans, promets tout à tout le monde, puis ne distribue qu'un tout petit peu (personne ici n'attend jamais rien et les gens se contentent du peu qu'on leur donne qui leur paraît beaucoup). Profite des opportunités politiques.

Le vice-roi mourut. Trois auditeurs restèrent, dans l'attente du nouveau vice-roi. Ils continuèrent à expédier les affaires courantes, presque par inertie.

El asunto permanente de la administración seguía siendo uno solo : deslindar los derechos de la Corona y los de los conquistadores. Los hijos de la Conquista presentaban sus memoriales a la Audiencia. Ésta, débilmente, los aplazaba. Pero los descendientes veían en ello un agravio insolente y respondían con más insolencias : "No le suceda al Rey lo que dicen, que quien todo lo quiere, todo lo pierde", dijo el arrogante Alonso de Ávila, y todos lo atribuyeron a la inspiración de mi hermano.

Se formaron dos bandos y todo por causa de unos guantes. A un don Diego de Córdoba le entregaron los criollos veinte mil ducados con el pretexto de que les comprara en España guantes que aquí no se hacían. Era un pretexto para que el tal don Diego negociase en la corte derechos de los criollos, sin apariencia de cohecho. Como don Diego no cumplió, y quedóse con los ducados, y no llegaron los guantes a sus hidalgas manos, se dividieron los bandos. Unos se acercaron a mi hermano para pedirle que encabezara la rebelión, aprovechando la debilidad de la Audiencia.

La règle de l'administration était toujours la même seule et unique : délimiter les droits de la Couronne et ceux des conquistadors. Les fils de la Conquête présentaient leurs mémoires à l'Audiencia. Celle-ci, par faiblesse, se contentait de les ajourner. Mais les descendants y voyaient une injure insolente et répondaient par plus d'insolence encore : « Pourvu qu'il n'arrive pas au roi ce qu'on dit : celui qui trop convoite finit par tout perdre », déclara l'arrogant Alonso de Ávila, phrase que tous estimèrent inspirée par mon frère.

Il se forma deux bandes à cause d'une histoire de gants. Les créoles remirent à un certain don Diego de Córdoba vingt mille ducats soi-disant pour qu'il leur achetât en Espagne des gants qui ne se fabriquaient pas ici. C'était là un prétexte destiné à dissimuler que ce don Diego était en fait chargé de négocier à la cour les droits des créoles, et à éviter qu'on pût flairer la subornation. Mais comme don Diego ne remplit point sa mission, garda les ducats pour lui et que n'arrivèrent point non plus de gants dans les blanches mains des hidalgos, les gens se divisèrent en deux camps. Les uns se tournèrent vers mon frère pour lui demander de prendre la tête de la rébellion en profitant de la faiblesse de l'Audiencia.

Otros, en cambio, fueron directamente a denunciar a mi hermano, a Ávila y a sus amigos ante la impotente Audiencia. La Audiencia, temerosa del poder de mi hermano, titubeó. Mi hermano, temeroso del poder real, titubeó también. A espaldas de ambos, actuaron los que no titubearon.

En nombre de mi hermano, sus allegados aprovecharon una fecha memorable, el 13 de agosto de 1565, aniversario de la toma de la ciudad de México-Tenochtitlán por Hernán Cortés. Era la llamada Fiesta del Pendón. Los conjurados decidieron aprovechar los festejos, la abundancia de gente en ellos y la tradición de fingir combates y escaramuzas, para montar un barco con artillería sobre ruedas y enfrentarlo de mentiras a una torre rodante, armada también con artillería y soldados. Entre ambos, pasaría el regidor con su pendón y de los dos pasos simulados saldría la gente armada, prendiendo a la Audiencia, arrancando el pendón y proclamando a Don Martín Cortés rey y señor de México.

Ay... Pasó lo que yo más temí : perdiste la iniciativa, hermano.

Te madrugaron.

Les autres, au contraire, s'en furent directement dénoncer mon frère, Ávila et leurs amis devant l'impotente Audiencia. Celle-ci, craignant le pouvoir de mon frère, hésita. Mon frère, craignant le pouvoir royal, hésita lui aussi. Derrière le dos de l'une et de l'autre, ceux qui n'hésitaient pas entrèrent en action.

Se réclamant de mon frère, ses partisans profitèrent d'une date mémorable, celle du 13 août 1565, jour anniversaire de la prise de Mexico-Tenochtitlán par Hernán Cortés. C'était le jour de ce qu'on avait appelé la Fête de la Bannière. Les conjurés décidèrent de profiter des festivités, de la foule dans les rues et de la tradition qui voulait qu'on organisât des simulacres de combats et d'escarmouches, pour armer un bateau d'artillerie roulante prétendument destiné à affronter une tour également montée sur roues et également armée d'artillerie et de soldats. Entre les deux passerait l'échevin avec sa bannière et des deux bâtiments surgiraient les gens en armes, qui se saisiraient des membres de l'Audiencia, s'empareraient de la bannière et proclameraient don Martín Cortés roi et seigneur du Mexique.

Mais hélas… Il se passa ce que je redoutais : tu perdis l'initiative, mon frère.

Ils te prirent de vitesse.

Martín 1

Todo esto pasó a mis espaldas, lo juro. ¡Comprar guantes para los hidalgos ricos! Quién iba a imaginarse... Es cierto, vinieron a verme, a comprometerme, a echarme la eterna cantinela de quejas de los criollos, que si no se les consideraba, que si eran mal gobernados por gente inepta enviada de España, que si los oídores y regidores los vejaban y entorpecían sus negocios, que si no tenían ellos derecho a gobernar el país como lo hicieron sus padres los conquistadores, sin consultar a nadie. Los dejé hablar. No los desanimé. Pero les advertí : — ¿Cuentan de verdad con gente? — Mucha, me contestaron, y los nombraron, entre ellos un tal Baltasar de Aguilar, maese de campo. — No vaya a ser que luego no se haga nada — les advertí — y perdamos todos vidas y haciendas. Y para mí me dije (y ahora lo repito como una prueba más de mi sinceridad nunca desmentida) : — Si no avanzan, me quedo quieto. Pero si prosperan, yo mismo me adelantaré y los delataré ante el rey, diciéndole : — Señor. Mi padre os dio una vez esta tierra. Ahora yo os la devuelvo.

Martín 1

Tout cela s'est passé à mon insu, je le jure. Acheter des gants pour les riches hidalgos ! Qui pouvait imaginer... Ils vinrent me voir, c'est vrai, pour me compromettre, pour m'imposer leurs sempiternelles plaintes de créoles, qu'on ne les prenait pas en considération, qu'ils étaient mal gouvernés par des gens ineptes envoyés d'Espagne, que les auditeurs et les régisseurs les brimaient et gâtaient leurs affaires, qu'ils n'avaient plus le droit de gouverner le pays comme l'avaient fait leurs pères les conquistadors, sans consulter personne. Je les laissai parler. Je ne les décourageai pas. Mais je les mis en garde : « Avez-vous réellement des gens derrière vous ? — Beaucoup », me répondirent-ils, et ils les nommèrent, notamment un certain Baltasar de Aguilar, mestre de camp. « Car ne faites pas en sorte qu'après il ne se passe rien, objectai-je, et que nous perdions tous et les biens et la vie. » Et en mon for intérieur, je me dis (comme je le répète aujourd'hui, preuve de ma bonne foi jamais démentie) : s'ils ne bougent pas, je ne bouge pas. S'ils se lancent dans l'aventure, je sortirai de ma réserve et les dénoncerai moi-même devant le roi, disant : « Monseigneur, mon père vous a jadis offert une contrée. Aujourd'hui je vous la rends. »

Mas antes de que nada de esto ocurriera, el tal Baltasar de Aguilar, nombrado maese de campo por los conjurados, se nos adelantó a todos y fue a la Audiencia a denunciar todo lo que sabía del alzamiento y cómo a mí me habían de hacer rey y cómo él mismo iba a ser maestro de campo de la muchísima gente conjurada. Yo no sabía nada. Estaba muy ocupado con una señora y por su influencia favorecía yo a sus familiares, que convencidos estaban de que yo tenía escondido el botín de Moctezuma y que por entre las faldas de mi amante aparecería al fin el tesoro. Díganme si tenía tiempo de pensar en hacerme rey, cuando los parientes de mi amante, al no ver ni rastros del tesoro, se impacientaron, encerraron a la señora, empezaron a publicar papeles infames y pasaron frente a mí en la calle sin quitarse las gorras. Me repuse de estas afrentas celebrando, en cambio, el nacimiento de otro hijo mío y tratando de repetir las fiestas del año anterior cuando nacieron los mellizos :

Mais avant que quiconque ait fait quoi que ce soit, ledit Baltasar de Aguilar, nommé mestre de camp par les conjurés, nous prit tous de vitesse et s'en fut devant l'Audiencia dénoncer tout ce qu'il savait du soulèvement, comment on devait me faire roi et comment lui devait être mestre de camp de la nombreuse troupe des conjurés. Moi, j'ignorais tout. J'étais très occupé par une dame et, sous son influence, je favorisais les membres de sa famille, lesquels étaient convaincus que je gardais caché le trésor de Moctezuma et que celui-ci finirait par apparaître d'entre les jupes de ma maîtresse. Dites-moi si j'avais le temps de penser à devenir roi alors que les parents de ma maîtresse, ne voyant nul signe d'apparition du trésor, commencèrent à s'impatienter, firent enfermer la dame, se mirent à publier des articles infâmes et à passer dans la rue devant moi sans soulever leur toque. Je me consolai de ces affronts en célébrant la naissance d'un autre fils et en m'efforçant de renouveler les fêtes de l'année précédente, lors de la naissance des jumeaux :

arcos triunfales y bosquería, música y gran aparato, y al cabo una máscara muy regocijada y luego una brava cena dada por mi compadre Alonso de Ávila, quien era señor del pueblo de Cuautitlán, especializado en jarritas de barro, a las que puso unas cifras así: una ERRE y encima una corona, y abajo una S, que significa: REINARÁS. Fue interrumpido el sarao por una comitiva armada a cuyo frente se encontraba un hombre que yo jamás había visto, cabezón y fornido, mal vestido y con ralos cabellos de mandrágora, coronando un rostro raspado como si se lavase con piedra pómez. Cómo contrastaba la grosería de su hábito con el atuendo parejo que para esa noche de gala adoptamos Alonso y yo. Noche de verano — julio de 1565 — y los dos vestidos con ropa de damasco larga, y encima un herreruelo negro, con nuestras espadas ceñidas. Pues esto nos pidió el hombre con cara de piedra, cuadrado como un dado y pintado de color naranja por una naturaleza mezquina aunque justiciera: — Denme vuestras señorías sus espadas. Sean presos por su majestad. — ¿Por qué, dijimos con una sola voz, Alonso y yo. — Luego se os dirá —. ¿Por quién? dijimos otra vez al unísono.

arcs de triomphe, décorations végétales, musique, grand apparat, une mascarade très joyeuse pour couronner les festivités, puis un somptueux dîner offert par mon compère Alonso de Ávila, lequel étant seigneur de Cuautitlán dont la spécialité était la fabrication de cruches en terre cuite, fit graver sur ces dernières un chiffre ainsi composé : un R surmonté d'une couronne et au-dessous un S, ce qui signifie : TU RÉGNERAS. La soirée fut interrompue par l'irruption d'un cortège d'hommes en armes menés par quelqu'un que je n'avais jamais vu, un trapu à grosse tête, mal vêtu, doté de rares cheveux de mandragore au-dessus d'un visage râpé comme s'il se lavait à la pierre ponce. Quel contraste entre la grossièreté de son habit et les identiques atours qu'Alonso et moi avions choisi de porter pour cette nuit de gala. Nuit d'été — juillet 1565 — où nous étions tous deux vêtus d'un long habit de damas, avec une courte cape noire, épée au côté. Et voici ce que nous déclara l'homme à la face de pierre, carré comme un dé et peint de couleur orange par une nature sournoise encore que justicière : « Que vos seigneuries me remettent leur épée. De par Sa Majesté, vous êtes prisonniers. — Pour quelle raison ? demandâmes-nous d'une seule voix, Alonso et moi. — Vous en serez informés plus tard. — Par qui ? dîmes-nous de nouveau à l'unisson.

— Por el licenciado Muñoz Carrillo, nuevo Oidor, que soy yo mismo — dijo esta aparición demasiado carnal para ser espanto y tomando el jarrito de Cuautitlán, lo arrojó con violencia al suelo. Éramos de barro nosotros y él, de piedra.

Martín 2

Lo acusaron de muchas banalidades. De andar de enamorado. De favorecer a los parientes de su amante. De tener escondido el tesoro de Moctezuma. Puras pendejadas. La verdadera acusación fue la de alzarse con la tierra. Es decir : rebelarse contra el Rey. Y para mi desgracia, esa acusación me incluía a mí. Me sacaron de las sombras. Esa noche, ya estaban tomadas las calles y las puertas de la plaza con gente de a caballo y de a pie. Todos se veían muy alborotados y mi hermano, muy afligido. Lo metieron a un aposento muy fuerte de la casa real de gobierno y con muchas guardas, pero con una ventana que miraba rectamente sobre la plazoleta a un costado de la catedral en construcción, donde con prisa se levantaba un tablado. Lo despojaron de la espada, pero le dejaron su elegante traje de damasco veraniego ; no tocaron su cuerpo.

— Par le *licenciado* Muñoz Carrillo, le nouvel auditeur, c'est-à-dire moi-même », répondit l'apparition trop charnelle pour être un fantôme et qui, se saisissant d'une cruche de Cuautitlán, la jeta brutalement par terre. Nous étions en argile, lui en pierre.

Martín 2

On l'accusa de multiples trivialités. De faire le galant. De favoriser la parentèle de sa maîtresse. De garder caché le trésor de Moctezuma. Pures inepties. La véritable accusation était celle d'avoir voulu s'emparer du pays. C'est-à-dire de s'être rebellé contre le roi. Et pour mon malheur, cette accusation me visait également. On me tira de l'ombre. Ce soir-là, les rues et les portes de la place étaient déjà investies par des cavaliers et des fantassins. Tout était en grande agitation et mon frère en grande affliction. On le conduisit dans un appartement du palais du gouvernement, solidement gardé par de nombreux soldats, mais muni d'une fenêtre qui donnait directement sur la petite place longeant l'un des flancs de la cathédrale en construction, où l'on était en train de dresser en toute hâte un échafaud. On lui ôta son épée mais on lui laissa son élégant costume d'été damassé ; on ne toucha pas à son corps.

A mí, por ser indio, me tendieron en un burro, me desnudaron y descoyuntaron y luego me echaron en la misma cárcel donde estaba mi hermano, a ver si mi rencor aumentaba, a ver si su piedad me insultaba.

En el camino, tendido encuerado sobre el burro, boca abajo, con el culo al aire y los léperos de la ciudad albureando de lo lindo a mis costillas, que de cuándo acá un burro carga a otro burro, que cuál sería el burro de a deveras, que qué poca vergüenza de andar comparando mi pirinola enana con el vergón del burro, que si lo largo te larga y lo chiquito te achica, que si por ahí te gusta, que si vas o vienes, entras o sales, tomas o das, coges o quejas, voy, voy, yo mirando boca abajo con la sangre agolpada en las sienes y en los ojos, con los testículos fríos, vaciados y encogidos por el miedo. Miro la basura de la ciudad y me doy cuenta de que siempre he tratado de mirar hacia arriba, a los palacios en construcción, los balcones a donde mi hermano y sus amigos lanzan las cerbatanas floridas, los nichos de los santos (ciudad de piedra hundiéndose en lodo : el agua se fue junto con los dioses).

Moi, parce que j'étais indien, on m'attacha sur un âne après m'avoir déshabillé et roué de coups, puis on me jeta dans la même prison que mon frère, pour voir si ma rancune augmentait, si sa compassion m'offensait.

En chemin, couché tout nu sur l'âne, à plat ventre, le cul en l'air, avec tous les gueux de la ville rivalisant de bons mots sur mon passage, depuis quand est-ce qu'un âne porte un autre âne sur son dos, lequel des deux est l'âne en vérité, non mais quel culot il a de mesurer son embryon de quéquette avec le braquemart de l'âne, le grand t'agrandit, le petit te rapetisse, alors ça te plaît là, tu vas ou tu viens, tu entres ou tu sors, tu prends ou tu donnes, tu tringles ou tu trembles, et je vais, je vais, les yeux au sol, le sang battant dans les tempes et les yeux, les testicules réfrigérés, vides et recroquevillés de peur. Je regarde défiler les détritus de la ville et je me rends compte que j'ai toujours plutôt regardé vers le haut, vers les palais en construction, les balcons d'où mon frère et ses amis lançaient des sarbacanes de fleurs, les niches des saints (cité de pierre s'enfonçant dans la boue : l'eau s'en est allée avec les dieux).

Ahora mi postura me obliga a mirar los canales inundados de basura, las calles de lodo surcadas por pezuñas y rueda de carreta, las huellas de los pasos sobre el polvo, indistinguibles las patas de los perros y las de las gentes. Trato de levantar la mirada, con dolor de pescuezo, a la catedral en construcción. Una fuerza que no me toca me obliga a doblar la cerviz de nuevo. Me doy cuenta de que me doblegan todas las cosas que he dado por descontado. Miro el suelo de México y me doy cuenta de que cambia sin cesar, lo cambian las estaciones, la desgracia, el llanto, las pisadas, el desmayo, la descomposición de este piso poroso, hundido, indeciso entre el agua y el polvo, entre el cielo y el infierno. Se detiene el burro y una pequeña mujer contrahecha, envuelta en rebozos negros, se acerca a mí, me acaricia la mano, me da una cachetada y de sus labios hundidos, sin dientes, de sus mofletes de enana, de su lengua mojada y que no puede contener la saliva decentemente, sale la palabra que esperaba, la palabra que ha colgado sobre mi vida como esa espada de Damocles de los juicios aplazados sobre las cabezas de toda la descendencia de Hernán Cortés.

Maintenant ma posture m'oblige à contempler les canaux emplis d'ordures, les rues de boue sillonnées d'empreintes de pattes et de roues de charrette, les traces de pas dans la poussière, celles des chiens et celles des gens indiscernables les unes des autres. J'essaie de lever les yeux vers le chantier de la cathédrale, mais je ressens une vive douleur dans le cou. Une force qui ne me touche pas m'oblige à courber la tête de nouveau. Je me rends compte que tout ce que je tenais pour acquis, naturel, me fait à présent plier l'échine. Je regarde le sol de Mexico et je me rends compte qu'il change sans cesse, sous l'effet des saisons, du malheur, des larmes, des pieds, l'effritement, la décomposition de ce sol poreux, effondré, fait d'une matière indéterminée entre l'eau et la terre, entre le ciel et l'enfer. L'âne s'arrête et une petite femme contrefaite, enveloppée dans des châles noirs, s'approche de moi, me caresse la main, me tapote la joue et de sa bouche creuse, édentée, de ses grosses joues de naine, de sa langue mouillée qui ne parvient pas à retenir convenablement la salive, sort la parole que j'attendais, la parole qui a plané au-dessus de ma vie comme cette épée de Damoclès de tous les procès ajournés suspendus au-dessus de la tête des descendants d'Hernán Cortés.

La mujercita contrahecha me levanta violentamente la cabeza, agarrándome el pelo y me dice lo que yo esperaba oír : — Eres un hijo de la chingada. Eres mi hermano.

Martín 1

Han arrojado dentro de mi propia prisión a mi hermano el otro Martín. Qué poca imaginación de nuestro padre. Los mismos nombres, siempre. Martín, Leonor, Catalina, María, Amadorcico. ¿Qué habrá sido de él? ¿Qué habrá sido de la contrahecha María? Miro hacia el tablado levantado en la plaza, al costado de la máquina de lo que será un día la catedral, y le digo a mi pobre hermano el hijo de la india que se ponga de pie y venga a ver el amanecer, como lo hicimos un día desde Chapultepec. Pero al otro Martín le duelen las costillas. Lo han traído encuerado y golpeado, sucio y apestoso. No importa. En estas circunstancias, es cuando más que nunca hay que ser buen cristiano, que a fe mía yo lo soy. Mira, le dije a mi hermano : va a llover de madrugada ; qué cosa tan rara. A veces sucede, me contestó él, doliente. Lo que pasa — me dijo — es que tú nunca te levantas temprano.

La petite femme contrefaite me relève brutalement la tête, me saisit par les cheveux et me dit ce que j'espérais entendre depuis longtemps : « Tu es un fils de *la chingada*[1]. Tu es mon frère. »

Martín 1

Ils ont jeté dans ma prison mon frère, l'autre Martín. Comme notre père manquait d'imagination ! Les mêmes prénoms, toujours. Martín, Leonor, Catalina, María, Amadorcico. Qu'est devenu ce dernier ? Qu'est devenue María la contrefaite ? Je contemple l'échafaud dressé sur la place, le long du squelette de ce qui sera un jour la cathédrale, et je dis à mon frère le fils de l'Indienne de se mettre debout et de venir contempler l'aube avec moi, comme nous l'avions fait un jour du haut de Chapultepec. Mais l'autre Martín a mal aux côtes. On l'a amené nu comme un ver, roué de coups, sale et malodorant. Peu importe. C'est dans ces circonstances que l'on doit plus que jamais se montrer bon chrétien, et par ma foi je le suis. Tu sais, dis-je à mon frère, la pluie va tomber tôt ce matin ; c'est bizarre. Ça arrive parfois, me répondit-il d'une voix souffrante. Ce qu'il y a c'est que tu ne te lèves jamais tôt le matin.

1. Un fils de pute. Voir note p. 168.

Reí : Pero me acuesto tarde. Oiría las gotas ; mis oídos son muy aguzados.

Pues trata de distinguir entre goteo y tambor anunciando muerte, dijo mi adolorido hermano. Me asomé a la ventana. La plazuela se había llenado de menudo pueblo, contenido por jinetes. Entre dos filas de gente armada, pasaron los hermanos Ávila, Alonso y Gil. Llevaba Alonso mi hermano calzas muy ricas y jubón de raso y una ropa de damasco aforrada en pieles de tiguerillos, una gorra aderezada con piezas de oro y plumas, y una cadena de oro al cuello. Entre las manos distinguí un rosario hecho de cuentecitas blancas de palo de naranjo, que una monja le envió para los días de aflicción y él, riendo, me dijo que jamás lo tocaría. Junto a los hermanos iban los frailes de Santo Domingo. En su hermano Gil ni me fijé. Debía estar llegando de un pueblo cuando lo prendieron, pues su hábito era modesto, de paño verdoso, y usaba botas. Subieron los hermanos Ávila al tablado.

Je ris : c'est parce que je me couche tard. Mais j'entendrai les gouttes ; j'ai l'ouïe très fine.

Eh bien, essaie de distinguer entre le battement de la pluie et le tambour annonciateur de mort, dit mon frère endolori. Je me penchai à la fenêtre. La placette s'était emplie de menu peuple, contenu par des cavaliers. Entre deux rangées d'hommes en armes, je vis avancer les frères Ávila, Alonso et Gil. Alonso mon frère portait de somptueuses chausses, un pourpoint en satin et une cape en damas doublée de fourrure d'ocelot, une toque ornée de pièces d'or et de plumes, et une chaîne en or autour du cou. J'aperçus entre ses mains un chapelet fait de petits grains blancs en bois d'oranger qu'une nonne lui avait envoyé pour les jours d'affliction et dont il m'avait dit en riant qu'il n'y toucherait jamais. Auprès des deux frères marchaient les moines dominicains. À son frère Gil je ne prêtai aucune attention. Il arrivait sans doute de la campagne quand ils l'avaient arrêté, car sa mise était modeste, en toile verdâtre, et il portait des bottes. Les frères Ávila montèrent sur l'échafaud.

Primero Gil se tendió con la cabeza adelantada, pero yo sólo tenía ojos para Alonso, mi amigo, mi compañero, viéndole allí, la gorra en la mano, la lluvia mojándole ese cabello que con tanto cuidado se enrizaba, y tan cuidado con su copete para hermosearse, viéndole y oyendo los torpes hachazos del verdugo hasta cortarle la cabeza de mala manera a Gil, entre los gritos y sollozos de la gente. Miró Alonso a su hermano descabezado y dio un gran suspiro, que hasta nuestra cárcel lo escuché y viéndole, se hincó de rodillas, alzó su blanca mano y empezó a retorcerse los bigotes como era su costumbre, hasta que el fraile Domingo de Salazar, que luego fue obispo de Filipinas y que le ayudó a bien morir, le dijo que no era ésta hora de hacerse los bigotes, sino de ponerse bien con Dios. Una voz entonó el Miserere, el fraile le dijo a la multitud : — Señores, encomiendo a Dios a estos caballeros, que ellos dicen que mueren injustamente. Le hizo una seña Alonso al fraile, éste se acercó al hombre hincado y algo escuchó en secreto. Le pusieron la venda.

Ce fut d'abord Gil qui se plaça, la tête en avant, mais moi je n'avais d'yeux que pour Alonso, mon ami, mon compagnon, qui se tenait là, la toque à la main, sous la pluie qui mouillait ces cheveux qu'il mettait tant de soin à faire friser, cette houppe qu'avec tant de soin il arrangeait pour s'embellir, je le regardais et j'entendais les coups de hache maladroits du bourreau jusqu'à ce qu'il réussisse enfin à couper de vilaine façon la tête de Gil, sous les cris et les sanglots des spectateurs. Alonso contempla son frère décapité et il poussa un grand soupir dont le son parvint jusqu'à notre prison, puis il se mit à genoux, leva sa blanche main et commença à rouler sa moustache comme il en avait l'habitude, mais le frère Domingo de Salazar, qui par la suite devint évêque des Philippines et qui l'aida à bien mourir, lui dit que ce n'était pas l'heure de se lisser les moustaches mais de se mettre en règle avec Dieu. Une voix entonna le *Miserere*, et le moine s'adressa à la foule : « Messieurs, je recommande à Dieu ces gentilshommes, qui déclarent mourir injustement. » Alonso fit alors un signe au moine ; celui-ci se pencha vers l'homme agenouillé qui lui chuchota quelque chose à l'oreille. On banda les yeux d'Alonso.

El verdugo dio tres golpes, como quien corta la cabeza de un carnero y yo me mordí la mano, preguntándome, ¿qué nos faltó, Alonso, que nos faltó decirnos, hacernos?, ¿nos vamos sin hacer algo que debimos hacer, acercarnos, hablarnos, querernos más?, ¿qué secreto le dijiste al fraile?, ¿me recordaste al morir?, ¿sólo te recordé yo?, ¿fuiste infiel a nuestra amistad en la hora de tu muerte?, ¿te moriste sin mí, mi adorado Alonso?, ¿me condenas a ser el que vive sin ti?, ¿deseándote, arrepentido de todo lo que no fue?

Martín 2

Conozco bien mi ciudad. Algo la está cambiando. Oigo la prisa. Miro la fealdad. No necesito que venga nadie a contarme que igual que de la noche a la mañana se levantó el tablado de las ejecuciones frente a nuestra ventana, algo está cambiando la forma, el rostro de la ciudad de México. No son sólo las cabezas de los hermanos Ávila, puestas en picas en la Plaza Mayor. Han sido colocadas de manera que mi hermano y yo no podamos dejar de verlas.

Le bourreau s'y reprit à trois fois, comme s'il avait affaire à une tête de mouton, et je me mordis la main, intérieurement assailli de questions : que nous a-t-il manqué, Alonso ? quelque chose que nous ne nous sommes pas dit, pas fait ? nous nous quittons sans avoir fait ce que nous aurions dû faire : nous rapprocher, nous parler, nous aimer davantage ? quel secret as-tu confié au moine ? as-tu pensé à moi au moment de mourir ? ai-je été seul à penser à toi ? as-tu été infidèle à notre amitié à l'heure de ta mort ? es-tu mort sans moi, mon Alonso adoré ? me condamnes-tu à être celui qui devra vivre sans toi, te désirant, regrettant ce qui n'a pas été ?

Martín 2

Je connais bien ma ville. Quelque chose est en train de la changer. Je perçois la hâte. Je vois la laideur. Je n'ai pas besoin qu'on vienne me raconter qu'à l'instar de l'échafaud, dressé du jour au lendemain sous notre fenêtre, quelque chose est en train de transformer à vue d'œil la forme, le visage de Mexico. Il ne s'agit pas seulement de la tête des frères Ávila, toutes deux exposées au bout d'une pique sur la Plaza Mayor. Elles ont été disposées de telle sorte que mon frère et moi ne puissions faire autrement que les voir.

No necesita venir a vernos el Oidor Muñoz Carrillo, con su cara siempre recién lavada, a decirnos que este aposento nuestro es temporal, pues él ha mandado construir una cárcel en quince días, para que quepan en ella todos los conspiradores contra la autoridad del Rey que son muchísimos. Apenas esté lista, allá han de llevarlos, a una cárcel, nos dice, donde ni un pájaro puede pasar sin que yo lo vea. Nos mira y nos advierte que a los ajusticiados se les condena a la medianoche, para que no tengan tiempo de avisarle a nadie, ni a ellos mismos. Simplemente, al amanecer se presentará a nuestras puertas la autoridad, con dos burros para que montemos en ellos y dos crucifijos para que los portemos entre las manos. Escucharán las campanillas de la cofradía. El verdugo y el pregonero nos acompañarán hasta el lugar de ejecución. El pregonero gritará : "Ésta es la justicia que manda hacer Su Majestad y la Real Audiencia de México en su nombre, a estos hombres, por traidores contra la corona real". Etcétera. Eso le digo yo al Oidor : "Etcétera". Es uno de los latinajos que me enseñó mi madre. Apenas convertida al cristianismo, la entusiasmó que la lengua de la religión fuese distinta de la lengua del país.

L'auditeur Muñoz Carrillo n'a nul besoin de nous rendre visite, avec sa figure toujours bien récurée, pour nous annoncer que cet appartement dans lequel nous sommes enfermés n'est que temporaire, qu'il a donné l'ordre de construire une nouvelle prison, en quinze jours, qui puisse contenir tous les conspirateurs contre l'autorité du roi, car ils sont nombreux. Dès qu'elle sera prête, on vous y conduira, et ce sera une prison, nous dit-il, où il ne pourra passer une mouche sans que je la voie. Il nous regarde, puis il nous déclare que les inculpés seront jugés à minuit afin qu'ils n'aient le temps de prévenir personne, pas même eux-mêmes. À l'aube les autorités se présenteront simplement à notre porte, nous feront monter chacun sur un âne avec chacun un crucifix que nous devrons porter dans les mains. Nous entendrons sonner les clochettes des moines. Le bourreau et le crieur public nous accompagneront jusqu'au lieu de l'exécution. Le crieur proclamera : « Telle est la sentence prononcée au nom de Sa Majesté et de l'Audiencia royale du Mexique, à l'encontre de ces hommes, reconnus traîtres à la Couronne. » Et cetera. Ce mot, c'est moi qui l'adresse à l'auditeur : Et cetera. C'est une de ces latineries que m'a enseignées ma mère. Une fois convertie au christianisme, elle fut enchantée de découvrir que la langue de la religion était différente de celle du pays.

Como le hubiese gustado ser, o seguir siendo, traductora, esto la sedujo y empezó a salpicar su habla cotidiana con aleluyas, oremus, dominus vesbiscos, recuéstate en pache, paternostros y sobre todo etcéteras que, según me dijo, significaba “todo lo demás, el montón, el rollo. Vamos : el códice”. Pero el Oidor, al oírme, lo tomó a mal y me dio tremendo bofetón sobre la cara. Entonces mi hermano Martín hizo algo inesperado : le devolvió la cachetada al insolente oficial de la Audiencia. Me defendió. Mi hermano dio la cara por mí. Lo miré con un amor que me salvaba a mí, si no a él, de todas las diferencias, graves unas, tontas otras, que nos separaban. En ese momento, me hubiera muerto con él. Con la venia de ustedes y si para ello no hay inconveniente, lo repito para dejarlo claro. No hubiera muerto por él. Pero hubiera muerto con él.

Martín 1

No me explico por qué ni nos juzgan ni nos matan. La ciudad entera es una cárcel y un potro de suplicios. Eso se ve, se sabe, se huele y nos lo cuentan.

Comme elle aurait beaucoup aimé être, ou plutôt continuer d'être, traductrice, cela la séduisit et elle se mit à parsemer son parler quotidien d'alléluias, d'oremus, de dominus vesbiscus, de repose en paix, de paternôtres et surtout d'etcéteras qui, selon ce qu'elle m'a dit, signifie « tout le reste, tout le bataclan, le codex, quoi ». Mais l'auditeur prit fort mal la chose et me flanqua une formidable gifle sur la figure. Alors mon frère Martín fit une chose inattendue : il rendit la gifle à l'insolent officier de l'Audiencia. Il osa faire face pour me défendre. Je le regardai avec un amour qui me rachetait, moi en tout cas, de toutes les différences, les unes graves, les autres absurdes, qui nous séparaient. En cet instant, j'aurais donné ma vie avec lui. Si vos grâces le permettent et n'y voient pas d'inconvénient, je répète ma phrase afin d'éviter toute confusion. Je n'aurais pas donné ma vie pour lui. Je l'aurais donnée avec lui.

Martín 1

Je ne m'explique pas pourquoi ils ne se décident ni à nous juger ni à nous exécuter. La ville entière est une prison et une chambre des supplices. Cela se voit, se sait, se sent et on nous le raconte.

Frente a nosostros, estaba hecho ya el tablado para cortarnos la cabeza, igual que a los hermanos Ávila. ¿Por qué no lo hacen ya? ¿Es éste el suplicio del Oidor, por haberlo abofeteado? Pues frente a nuestros ojos han pasado los hermanos Quesada con sus crucifijos en las manos, atarantados aún por la rapidez de su juicio, convencidos hasta el postrer minuto de que no habían de morir; a Cristóbal de Oñate lo hicieron cuartos; a Baltasar de Sotelo no le hallaron culpa alguna en la conspiración de México, pero de todos modos lo degollaron por haber servido en Perú durante la rebelión de Gonzalo Pizarro contra el Rey: sufrió la culpa por asociación sospechada; frente a nosotros pasó Bernardino de Bocanegra, en mula, precedido por el Cristo y el pregonero, seguido por su madre y su mujer y parientes, todas ellas descalzas y descubiertas y descabelladas como Magdalenas, arrastrando por los suelos los mantos, llorando, rogando que otorgasen perdón a aquel caballero, y fue la única ocasión en que el temible Muñoz Carrillo mostró compasión, enviándole a perder todos sus bienes y servir veinte años al Rey en goleta y cumplido lo cual, quedaba desterrado para siempre de todos los reinos y señoríos de Su Majestad el Rey Don Felipe II.

Sous nos yeux se dresse l'échafaud destiné à nous couper la tête, comme aux frères Ávila. Pourquoi tardent-ils ? Est-ce le supplice que nous inflige l'auditeur à cause du soufflet qu'il a reçu ? Sous nos yeux sont déjà passés les frères Quesada avec leur crucifix à la main, encore tout étourdis de la rapidité de leur procès, convaincus jusqu'à la dernière minute qu'ils n'allaient pas mourir ; Cristóbal de Oñate a été écartelé ; Baltasar de Sotelo, ils ne lui ont trouvé aucune responsabilité dans la conspiration mexicaine, mais ils l'ont décapité quand même pour s'être trouvé servir au Pérou durant le soulèvement de Gonzalo Pizarro contre le roi : coupable d'association suspecte ; passa aussi sous nos yeux Bernardino de Bocanegra, sur une mule, précédé du Christ et du crieur public, suivi de sa mère, sa femme et de parentes, toutes pieds nus, découvertes, échevelées comme des Marie Madeleine, traînant leur manteau par terre derrière elles, pleurant, suppliant qu'on accorde le pardon au ci-devant gentilhomme, et ce fut la seule fois où le redoutable Muñoz Carrillo fit preuve de compassion en condamnant Bocanegra à être dépouillé de tous ses biens, à servir le roi pendant vingt ans sur une galère et, passé ce temps, à demeurer banni pour toujours de tous les royaumes et territoires de Sa Majesté le roi Philippe II.

De suerte que no sabíamos, mi hermano y yo, a qué atenernos. Perder la cabeza, o ser desterrados, o remar el resto de nuestra vida. El astuto Muñoz Carrillo nada nos daba a entender, antes hacía sonar campanillas a nuestra puerta, como si fuera ya el amanecer y nos tocara salir a la cita final. Hacía pasar crucifijos frente a nuestras narices, y colocaba burros debajo de nuestra ventana. ¿Por qué no pasaba nada? Vimos desaparecer de la plaza y los edificios de gobierno las cabezas en pica de los ajusticiados. Los concejales habían protestado. Las cabezas expuestas eran signo de traición. Pero la ciudad no había sido desleal. Continuó, sin embargo, la orgiá de ejecuciones. Cada vez que caía una cabeza, el hipócrita Oidor Muñoz Carrillo entonaba estas palabras : "Se hizo merced a sí mismo, pues se fue a gozar a Dios, pues murió como buen cristiano, y se le dieron muchas misas y oraciones". Yo le dije a mi hermano Martín hijo de La Malinche : "El Oidor obra así para que Su Majestad sea muy servido y le haga, a su vez, muchas mercedes". Vio mi hermano, más astuto que yo, un signo del poder menguante de Muñoz Carrillo en todo esto. Y dijo también : "Pero tienes razón. Está quedando bien con el rey. Es un miserable lambiscón.

De sorte que nous ne nous savions, mon frère et moi, à quoi nous attendre. Perdre la tête, ou être bannis, ou ramer pour le restant de nos jours. Le rusé Muñoz Carrillo ne donnait rien à entendre ; avant il faisait sonner des clochettes devant notre porte, comme si nous nous réveillions à l'aube de notre dernier rendez-vous. Il faisait passer des crucifix sous notre nez et poster des ânes sous notre fenêtre. Pourquoi ne se passait-il plus rien ? Nous vîmes disparaître de la place et des édifices publics les têtes embrochées des suppliciés. Les édiles avaient protesté. Les têtes exposées étaient signe de trahison. Mais la ville n'avait pas été déloyale. Cependant, l'orgie d'exécutions se poursuivit. À chaque tête qui tombait, l'hypocrite auditeur Muñoz Carrillo énonçait cette phrase : « Il s'est accordé bien grande grâce, il s'en est allé jouir de Dieu, car il est mort en bon chrétien et on lui a offert de nombreuses messes et oraisons. » Je dis à mon frère Martín, fils de la Malinche : « L'auditeur œuvre ainsi afin de paraître bon serviteur du roi et que Sa Majesté lui accorde à son tour maintes grandes grâces. » Mon frère, plus astucieux que moi, vit dans tout cela le signe du pouvoir déclinant de Muñoz Carrillo. Puis il ajouta : « Mais tu as raison, il veut se mettre bien avec le roi. C'est un misérable lèche-cul.

Que vaya mucho y chingue a su madre". Jamás había oído esta expresión y supuse que era una de tantas que La Malinche le había enseñado a mi medio hermano. Me gustó, sin embargo, la palabrita. Se la apliqué con gusto a nuestro delator, Baltasar de Aguilar, cuando al fin llegó a México el nuevo virrey, don Gastón de Peralta, Marqués de Falces, encontrándose la ciudad en rebelión sorda contra el Oidor Muñoz Carrillo. Lo primero que hizo el nuevo virrey fue determinar que a mi hermano y a mí nos enviasen desde luego a España, pues la Audiencia de México no era imparcial, ni podía oír con justicia nuestra causa. Y tal era la voluntad misma del rey don Felipe II para con los hijos de un hombre que tanta gloria le dio a España. Bastóle al rufián Baltasar de Aguilar, nuestro delator, entender que el Virrey procedía benévolamente con nosotros, para desdecirse de sus acusaciones con el fin de quedar bien con todos. Creo que entonces, sólo entonces, se encendió en mi la llama divina de la justicia.

1. Au Mexique, le verbe *chingar* et ses dérivés — la *chingada, chingón* — ont un sens très fort et injurieux. L'idée essentielle qu'il contient — parmi de multiples sens selon le contexte — est celle d'échec et d'humiliation avec une connotation sexuelle. Le terme français argotique le plus proche est « bai-

Qu'il aille au diable et *chingar*[1] sa mère. » Je n'avais jamais entendu cette expression et je supposai que c'était un de ces nombreux termes que la Malinche avait enseignés à mon demi-frère. Il me plut, cependant, ce petit mot. Je l'appliquai allégrement à notre délateur, Baltasar de Aguilar, lorsque arriva enfin à Mexico le nouveau vice-roi, don Gastón de Peralta, marquis de Falces, qui trouva la ville en sourde révolte contre l'auditeur Muñoz Carrillo. La première décision du nouveau vice-roi fut de nous envoyer, mon frère et moi, en Espagne, car il estimait que l'Audiencia du Mexique n'était pas impartiale à notre égard, qu'elle ne pouvait entendre notre cause avec équité. Telle était la volonté du roi Philippe II lui-même quant aux fils d'un homme qui avait apporté tant de gloire à l'Espagne. Il suffit alors à ce bandit de Baltasar de Aguilar, notre délateur, d'apprendre que le vice-roi nous manifestait de la bienveillance pour se dédire de ses accusations afin de se mettre en bons termes avec tout le monde. Je crois que c'est à ce moment-là, et seulement à ce moment-là, que s'alluma en moi la divine flamme de la justice.

ser », « avoir ». Le *chingado* est celui qui s'est « fait avoir », qui s'est « fait baiser » ; le *chingón* est celui qui « baise les autres ». Envoyer quelqu'un *a la chingada*, c'est l'envoyer se faire foutre. *Hijo* (ou *hija*) *de la chingada* signifie littéralement « fils de la mère violée, devenue pute ». Etc.

Pedí carearme con el hijo de la chingada — ya hablo como mi hermano — y Muñoz Carrillo decidió estar presente. Le eché en cara al traidor su proceder. Compungido, se hincó frente a mí y me pidió perdón. Le dije que nada perdonaría la muerte de Alonso de Ávila, mi más querido hermano, por su culpa. Aguilar estaba atolondrado, mas no el Oidor que ya contaba sus escasos días de poder. ¿Por qué no se defendió Alonso de Ávila?, preguntóme el Oidor. No supe qué decir. Se restregó al zafio Muñoz Carrillo la cara con sus manos como callos y con una voz cavernosa, en cuyas profundidades ni la carcajada ni el resquemor se diferenciaban, nos dijo : — En su poder encontráronse multitud de billetes de amor de las más altas damas de esta ciudad. — Murió para no comprometerlas — dije lleno de admiración. — No. Murió porque en sus billeticos don Alonso se ufanaba de su conspiración, la contaba en detalle y les prometía a las señoras riquezas y privilegios sin fin cuando él y vos, señor don Martín, conpartiesen el gobierno de México.

La sentencia fue justa. Yo era un perfecto pendejo.

Je demandai à être confronté avec ce fils de la *chingada* — je parle comme mon frère maintenant — et Muñoz Carrillo décida d'assister à l'entretien. Je reprochai violemment au traître ses procédés. L'air contrit, il s'agenouilla devant moi et me demanda pardon. Je répondis que rien ne pouvait racheter la mort d'Alonso de Ávila, mon frère le plus bien-aimé, perdu par sa faute. Aguilar était frappé de stupeur, mais pas l'auditeur qui en était à compter ses quelques jours de pouvoir. « Pourquoi Alonso de Ávila ne s'est-il pas défendu ? » me demanda-t-il. Je ne sus que répondre. Le rustre Muñoz Carrillo se frotta la figure de ses mains calleuses et, d'une voix caverneuse du fond de laquelle le rire ne se distinguait pas du sanglot, nous déclara : « Nous avons trouvé en sa possession une multitude de billets d'amour des plus grandes dames de la ville. — Il est mort pour ne pas les compromettre, dis-je plein d'admiration. — Non. Il est mort parce que dans ses billets, don Alonso se vantait de sa conspiration, la détaillait par le menu et promettait aux dames des richesses et des privilèges sans fin lorsque lui et vous, don Martín, vous partageriez le pouvoir du Mexique. »

La sentence fut juste. J'étais un parfait nigaud.

Martín 2

Yo creo que de tantos errores sólo nos compensó la innata concepción de justicia del virrey don Gastón de Peralta, quien determinó que en el caso de esta conspiración para alzarse con la tierra y arrebatarle la posesión de México al rey de España, la Corona procedería de acuerdo con el siguiente criterio. Los primeros en denunciar, recibirían mercedes. Al oír esto, Aguilar gritó de alegría. Pero los segundos en denunciar, sólo serían perdonados. Aguilar puso cara de circunstancias. Y los terceros en denunciar, serían pasados por las armas. Aguilar se hincó, implorando : "¿Y los que simplemente nos arrepentimos y nos echamos para atrás?", dijo el muy miserable.

Digo que hay algo de justicia en todo esto, después de todo. Al cabrón Baltasar de Aguilar lo condenaron por perjuro a diez años a galeras, perdiendo todos sus bienes y los pueblos que tenía, a más de perpetuo destierro de todas las Indias del Mar Océano y Tierra Firme.

Martín 2

Je crois que de tant d'erreurs seul nous sauva le sens inné de la justice du vice-roi don Gastón de Peralta, lequel décida que dans cette affaire de conspiration en vue de s'emparer du pays et d'arracher le Mexique des mains du roi d'Espagne, la Couronne procéderait conformément au principe qui va suivre. Ceux qui avaient été les premiers à dénoncer le complot recevraient des faveurs. En entendant cela, Aguilar poussa un cri de joie. Les seconds à dénoncer seraient seulement graciés. Aguilar prit une mine de circonstance. Quant aux derniers, ils seraient passés par les armes. Aguilar se mit à genoux : « Et ceux qui, comme moi, se sont simplement repentis et retirés de l'affaire ? » implora le misérable.

Eh bien, je déclare qu'il y a quelque justice dans tout cela, après tout. Baltasar de Aguilar, cette fripouille, fut condamné à dix ans de galère pour parjure, à la confiscation de tous ses biens et territoires, suivis de l'exil perpétuel de toutes les Indes de la mer Océane et Terre Ferme.

Devuelto a España en una goleta, al Oidor Muñoz Carrillo le dio un ataque de apoplejía, al leer una carta en la que el rey Felipe lo destituía, poniéndolo más cuadrado de lo que por natura ya era : "Os mandé a la Nueva España a gobernar, no a destruir". Perdió el habla y para curarlo, le abrían la boca con palos para que tomara sus brebajos. Murió este hombre de rostro lijado y hebras de mandrágora en la cabeza. Ya se sabe que estos homúnculos nacen al pie de las horcas. Pero a su sosías el oidor Muñoz para no echarlo al mar, lo abrieron, le sacaron las tripas y lo salaron, pues antes de morir logró decir : — Quiero que me entierren en El Ferrol. Se desataron tormentas y los marinos se amotinaron. Llevar un cuerpo muerto en navío trae mala suerte. Lo echaron al mar, bien liado y envuelto en esteras muy sucias llenas de brea. A mi hermano don Martín, el hombre que pudo ser el rey de México, lo mandaron de regreso a España. ¿Por qué? Sus enemigos se regocijaron, creyendo que allá le iría peor y el Rey le haría sentir todo el rigor de sus culpas. Sus amigos también se alegraron, viendo en la decisión una manera de proteger a Martín y aplazar el juicio.

Renvoyé en Espagne sur une goélette, l'auditeur Muñoz Carrillo eut une attaque d'apoplexie à la lecture d'une lettre par laquelle le roi Philippe le destituait de ses fonctions, lui mettant la tête encore plus au carré qu'il ne l'avait : « Je vous ai mandé en Nouvelle-Espagne pour gouverner, non pour détruire. » Il perdit la parole et pour lui administrer ses breuvages, il fallait lui ouvrir la bouche avec des bouts de bois. Il finit par mourir, cet homme au visage passé à la pierre ponce et aux poils de mandragore sur la tête. On sait que ces homoncules naissent au pied des gibets. Mais leur sosie, l'auditeur Muñoz, pour ne pas le jeter à la mer, on l'ouvrit, le vida de ses entrailles, puis on le sala, car avant de mourir il avait réussi à dire : « Je veux qu'on m'enterre à El Ferrol. » Cependant une tempête se déchaîna et les marins se mutinèrent. Transporter un cadavre sur un navire porte malheur. Alors ils le jetèrent à la mer, bien enveloppé et ligoté dans de vieilles toiles enduites de goudron. Mon frère Martín, qui aurait pu être le roi du Mexique, on l'envoya en Espagne. Pourquoi ? Ses ennemis se réjouirent, car ils pensèrent que ce serait pire pour lui là-bas où le roi lui ferait expier tout le poids de ses fautes. Ses amis aussi se réjouirent, car ils virent dans la décision qui venait d'être prise une façon de protéger Martín et d'ajourner le procès.

Yo, en cambio, a sabiendas de mi fracaso, le dije, hermano, quédate en México, exponte, pero apresura el juicio. ¿No te das cuenta de que si regresas a España te va a pasar lo mismo que a nuestro padre? Tu juicio nunca se va a acabar. Va a seguir eternamente. Corta ya el hilo de la espada sobre nuestras cabezas. Si regresas a España, serás invalidado, igual que nuestro padre. Éste es el secreto de la oficinas en España y en todas partes : dilatar los negocios hasta que todos se olviden de ellos. Pero mi hermano me dijo, sencillamente : Ni yo ni ellos quieren verme más aquí. Ni ellos ni yo queremos lo que me espera aquí. La lucha y acaso el martirio. No lo quiero.

Martín 1

Juntó en 1545 Carlos V una gran armada para batir al eunuco Aga Azán, que gobernaba a Argelia. Doce mil marineros, 24 mil soldados, 65 galeras y otros 500 barcos más se reunieron en las Baleares. Encabezó la armada el emperador. Con sólo once barcos y quinientos hombres, mi padre había conquistado el imperio de Moctezuma. Ahora ni el mando de una galera le dieron.

Moi, en revanche, instruit par mon échec, je lui dis : frère, reste au Mexique, prends des risques mais hâte le procès. Ne vois-tu pas que si tu rentres en Espagne, il va t'arriver la même chose qu'à notre père ? Ton procès n'en finira jamais. Il durera éternellement. Il faut que tu coupes le fil qui retient l'épée suspendue au-dessus de nos têtes. Si tu rentres en Espagne, tu seras réduit à l'impuissance, comme notre père. C'est là le secret des administrations en Espagne comme ailleurs : enterrer les affaires jusqu'à ce que tout le monde les oublie. Mais mon frère me répondit tout simplement : ils ne veulent pas me voir ici et moi non plus. Ni eux ni moi ne voulons de ce qui m'attend ici. Le combat, et peut-être le martyre. Je n'en veux pas.

Martín 1

En 1545, Charles Quint réunit une grande armée pour aller combattre l'eunuque Aga Azan qui régnait sur l'Algérie. Douze mille marins, vingt-quatre mille soldats, soixante-cinq galères et cinq cents autres navires se rassemblèrent dans les Baléares. L'empereur prit la tête de l'armada. Avec seulement onze navires et cinq cents hommes, mon père avait conquis l'empire de Moctezuma. À présent, on ne lui offrait même pas le commandement d'une galère.

Pero él se la tomó. Yo tenía nueve años. Mi padre se alistó como voluntario y me llevó de la mano a tomar posesión de la galera "Esperanza". Nadie sabía de guerra más que él, ni siquiera el emperador. Advirtió contra el mal tiempo. Advirtió contra el exceso de la expedición. Bastaba esperar el buen tiempo y llegar por sorpresa con un reducido contingente. Nadie le hizo caso. La expedición fracasó en medio de la tormenta y la confusión. Mi padre viajaba siempre con sus cinco esmeraldas. Por miedo a perderlas en el desastre de Argel, las amarró en un pañuelo. Las perdió nadando para salvarse. Ahora yo quisiera hundirme en el Mare Nostrum hasta encontrarlas : una labrada como rosa, la otra como corneta, y otra como un pez con los ojos de oro, otra como campanilla y otra una tacita con el pie de oro.

Mas, ¿eran éstos sus verdaderos tesoros ?

Mais il le prit de lui-même. J'avais neuf ans. Mon père s'engagea comme volontaire et m'emmena par la main pour aller prendre possession de la galère *Esperanza*. Personne ne s'y connaissait en guerre mieux que lui, pas même l'empereur. Mon père mit en garde contre le mauvais temps. Il mit en garde contre le nombre excessif de l'expédition. Il suffisait d'attendre le beau temps et d'arriver par surprise avec un contingent réduit. Personne le lui prêta attention. L'expédition échoua au milieu de la tempête et dans la confusion. Mon père se déplaçait toujours avec ses cinq émeraudes. De peur de les perdre dans le désastre d'Alger, il les enferma dans un mouchoir. Il les perdit en se sauvant à la nage. Maintenant moi je voudrais bien plonger dans la *Mare Nostrum* pour les retrouver : l'une en forme de rose, une autre en forme de cornet, une troisième comme un poisson aux yeux d'or, une quatrième taillée en clochette et la dernière en coupelle à pied doré.

Mais était-ce là ses véritables trésors ?

Recordé entonces la muerte de mi padre, el aroma del naranjo en flor que entraba por la ventana en Andalucía, y quise imaginar que en su faltriquera, desde que desembarcó un día en Acapulco y allí sembró un naranjo, mi padre traía esas semillas guardadas y ellas no se perdieron, ellas no se fueron al fondo del mar, ellas permitirían a los frutos gemelos de América y Europa crecer, alimentar y un día, con suerte, encontrarse sin rivalidad.

Las cosas muy olvidadas vuelven a salir en ocasiones que dañan. Maldigo hasta la cuarta generación a cuantos nos hicieron daño.

Martín 2

Madre : Sólo contigo venció nuestro padre. Sólo a tu lado conoció una fortuna en ascenso. Sólo contigo conoció el destino sin quebraduras del poder, la fama, la compasión y la riqueza. Yo te bendigo, mamacita mía.

Je repensai à la mort de mon père, le parfum de l'oranger en fleur qui entrait par la fenêtre de la maison en Andalousie, et je me plus à imaginer que depuis le jour où il avait débarqué à Acapulco et qu'il y avait semé une graine d'oranger, mon père gardait les précieuses graines dans son gousset et qu'*elles* ne s'étaient pas perdues, *elles* n'avaient pas coulé au fond de la mer, *elles* permettraient aux fruits jumeaux d'Europe et d'Amérique de pousser, de nourrir et, qui sait, un jour de se rencontrer sans rivalité.

Les choses profondément oubliées finissent par refaire surface en des circonstances qui font mal. Je maudis jusqu'à la quatrième génération ceux qui nous ont fait du mal.

Martín 2

Mère, c'est grâce à toi que mon père a gagné. Ce n'est qu'à tes côtés qu'il a connu l'ascension de la fortune. Ce n'est qu'avec toi qu'il a connu le destin sans rupture du pouvoir, la renommée, la compassion et la richesse. Je te bénis, mère chérie.

Te agradezco mi piel morena, mis ojos líquidos, mi cabellera como la crin de los caballos de mi padre, mi pubis escaso, mi estatura corta, mi voz cantarina, mis palabras contadas, mis diminutivos y mis mentadas, mi sueño más largo que la vida, mi memoria en vilo, mi satisfacción disfrazada de resignación, mis ganas de creer, mi anhelo de paternidad, mi perdida efigie en medio de la marea humana prieta y sojuzgada como yo : soy la mayoría.

Martín 1

No quiero ser mártir. Prefiero la farsa a un proceso interminable que nos desgaste por igual a mis jueces y a mí. Me voy de México, como me lo piden. Quieren tenerme tranquilo. Está bien. Me voy y dejo mis bienes a cargo de mi hermano mayor, el hijo de la india. En España se me sigue causa y soy condenado a destierro, multas y secuestro de bienes. Esto ocurre en 1567. Los castigos son revocados en 1574, salvo las multas. Tengo cuarenta y cuatro años. Me devuelven los bienes, pero me obligan a hacer a la Corona un préstamo de cincuenta mil ducados para sus guerras. Benemérito propósito.

Je te rends grâce pour ma peau brune, mes yeux liquides, mes cheveux pareils au crin des chevaux de mon père, mon pubis peu fourni, ma taille courte, ma voix chantante, mes mots comptés, mes diminutifs et mes injures, mon rêve plus long que la vie, ma mémoire toujours vive, ma satisfaction déguisée en résignation, mon envie de croire, mon désir de paternité, mon effigie perdue au milieu de la marée humaine brune et assujettie comme moi : je suis la majorité.

Martín 1

Je ne veux pas être martyr. Je préfère la parodie à un procès interminable aussi usant pour mes juges que pour moi-même. Je quitte le Mexique, comme ils me le demandent. Ils veulent que je me tienne tranquille. Parfait. Je m'en vais et je laisse mes biens à la garde de mon frère aîné, le fils de l'Indienne. En Espagne, je suis poursuivi et condamné à l'exil, à payer des amendes et au séquestre de mes biens. Cela se passe en 1567. La sentence est levée en 1574, sauf en ce qui concerne les amendes. J'ai quarante-quatre ans. On me rend mes biens, mais on m'oblige à consentir un prêt de cinquante mille ducats à la Couronne pour ses guerres. Méritante intention.

Mi señorío mexicano queda desmembrado cuando la Corona se anexa mi Tehuantepec y mi Oaxaca. ¡Amo y Señor! No lo seré yo, aunque algo les dejaré a mis descendientes. Más dinero, al cabo, que poder. Así será siempre. No habrá caudillo que dure mucho en México. El país no quiere tiranos. Le gusta demasiado tiranizarse a sí mismo, día con día, rencor con rencor, injusticia con injusticia, envidia con envidia, sumisión con sumisión, desde abajo hasta arriba. Nunca regresaré a México. Moriré en España el 13 de agosto de 1589, a los sesenta años de edad, otro aniversario de la toma de Tenochtitlan por mi padre y de la fallida conjura por la independencia de la Colonia. Dejo mis bienes a mis hijos pero al morir me hundo en el mar frente a Argelia, buscando las cinco esmeraldas perdidas de mi padre. Son las mismas que le regaló Moctezuma. Son las mismas que para su desgracia, mi soberbio y cegado padre no quiso regalarle, ni siquiera venderle, a la reina de España.

Mon domaine mexicain se trouve démembré lorsque la Couronne s'annexe mon Tehuantepec et mon Oaxaca. Seigneur et maître ! Je ne le serai pas, même si je laisse quelque chose à mes descendants. Plus d'argent, en fin de compte, que de pouvoir. Il en sera toujours ainsi. Un caudillo ne dure jamais très longtemps au Mexique. Le pays n'aime pas les tyrans. Il aime trop se tyranniser lui-même, jour après jour, rancœur après rancœur, injustice après injustice, jalousie après jalousie, soumission après soumission, jusque par-dessus la tête. Je ne rentrerai jamais au Mexique. Je mourrai en Espagne le 13 août 1589, à l'âge de soixante ans, encore un jour anniversaire de la prise de Tenochtitlán par mon père et de la faillite du complot pour instaurer l'indépendance de la colonie. Je laisse ma fortune à mes fils mais au moment de mourir, je plonge dans la mer au large de l'Algérie, à la recherche des cinq émeraudes perdues par mon père. Ce sont celles que lui a offertes Moctezuma. Ce sont celles que pour son malheur, aveuglé par sa superbe, il a refusé d'offrir, et même de vendre, à la reine d'Espagne.

Martín 2

Fui atormentado en México y desterrado a España. Morí al terminar el siglo. ¿Qué tendría? ¿Setenta, ochenta años? Perdí la cuenta. La verdad es que al final tuve siempre ocho años nomás. Me acurruqué en brazos de mi madre, la india Marina, La Malinche. Abrazados juntos todas las noches, sólo así nos salvamos del terror. Oímos el golpe de caballos. Éste es el terror, ésta la novedad. Galopan los caballos y las aves vuelan, las moscas zumban. Nos abrazamos mi madre y yo, tiritando de miedo. Sabemos que no debemos temerle a los caballos que trajo mi padre a México. Debemos temerle a la agitación incesante del mundo sobre nuestras almas. Recuerdo la piel gastada y enferma de mi madre. Quisiera haber visto, como mi hermano Martín que lo abrazó al morir, a mi padre viejo : su piel. Ahora veo la mía, anciano, y recuerdo la mañana que pasamos mirando el Valle de México con mi hermano. Mi piel es un campo. Mis arrugas y mis venas son campos arados, accidentes del terreno. Mis huesos son piedras.

Martín 2

J'ai été torturé au Mexique et exilé en Espagne. Je suis mort à la fin du siècle. À quel âge ? Soixante-dix, quatre-vingts ans ? J'ai perdu le compte. À la fin, en vérité, je n'avais pas plus de huit ans d'âge. Je me blottissais dans les bras de ma mère, l'Indienne Marina, la Malinche. Serrés dans les bras l'un de l'autre, ce n'est qu'ainsi que nous échappions à la peur. Nous écoutions le galop des chevaux. C'est de là que vient l'épouvante, la nouveauté. Les chevaux galopent, les oiseaux volent, les mouches bourdonnent. Nous nous serrons l'un contre l'autre, ma mère et moi, tremblants de peur. Nous savons que nous ne devons pas craindre les chevaux que mon père a amenés au Mexique. Nous devons craindre l'agitation incessante du monde sur nos âmes. Je pense à la peau abîmée et malade de ma mère. J'aurais voulu avoir vu, comme mon frère Martín qui l'a tenu dans ses bras au moment de sa mort, mon père vieux : sa peau. Maintenant je vois la mienne, de vieillard, et je repense au matin que nous avons passé à contempler la vallée de Mexico, mon frère et moi. Ma peau ressemble à un champ labouré. Mes rides et mes veines forment des sillons et des talus, des accidents de terrain. Mes os sont comme des pierres.

Las líneas de mi palma son piel, campo y papel. Tierra escrita, tierra doliente y sensible como una piel, inflamable como un códice. Mi madre y yo nos abrazamos de noche para defendernos, pobrecitos de nosotros, del sueño de la tierra. Hemos visto en pesadillas el espectáculo de la muerte. Mi padre viene con la escolta de la muerte. Muere él. ¿Cuántos murieron antes que él? ¿Con cuántos muere él?¿ ¿Cuántos, en verdad, nos sobreviven? Cuento esto y me admiro del mundo, y a veces no quisiera haber sido en él. Desengañémonos de lo que tanto quisimos. Estoy harto del espectáculo de la muerte. No sé qué significa el nacimiento de un país.

El Escorial, julio de 1992

Les lignes de ma main sont de la peau, de la terre et du papier. Terre écrite, terre douloureuse et sensible comme une peau, inflammable comme un codex. Ma mère et moi nous serrons l'un contre l'autre la nuit pour nous défendre, pauvres de nous, du sommeil de la terre. Nous avons vu en cauchemar le spectacle de la mort. Mon père vient accompagné de l'escorte de la mort. Il meurt. Combien sont morts avant lui ? Avec combien d'autres meurt-il ? Combien, en vérité, nous survivent ? Je raconte cela en admirant le monde, et pourtant par moments j'aurais voulu ne pas l'avoir connu. Nous nous désenchantons de ce que nous avons tant aimé. Je suis las du spectacle de la mort. J'ignore ce que signifie la naissance d'un pays.

El Escorial, juillet 1992

DU MÊME AUTEUR

Dans la collection Folio

LA MORT D'ARTEMIO CRUZ (nº 856)

LA PLUS LIMPIDE RÉGION (nº 1371)

UNE CERTAINE PARENTÉ (nº 1977)

TERRA NOSTRA (nº 2053 et nº 2113)

LE VIEUX GRINGO (nº 2125)

CHRISTOPHE ET SON ŒUF (nº 2471)

L'ORANGER (nº 2946)

DIANE OU LA CHASSERESSE SOLITAIRE (nº 3185)

Impression Bussière Camedan Imprimeries
à Saint-Amand (Cher), le 11 septembre 2001.
Dépôt légal : septembre 2001.
Numéro d'imprimeur : 014041/1.

ISBN 2-07-041663-1./Imprimé en France.

98083